Valéria Piassa Polizzi

Enquanto estamos crescendo

CB131076

Enquanto estamos crescendo
© Valéria Piassa Polizzi, 2003

Diretor editorial adjunto — Fernando Paixão
Editor assistente — Emílio Satoshi Hamaya
Preparação de originais — Agnaldo Holanda
Coordenadora de revisão — Ivany Picasso Batista
Revisoras — Ana Luiza Couto, Alessandra Miranda de Sá, Cátia de Almeida

ARTE
Editora — Suzana Laub
Editor assistente — Antonio Paulos
Editoração eletrônica — Claudemir Camargo, Eduardo Rodrigues
Edição eletrônica de imagens — Cesar Wolf

CIP-BRASIL. CATALOGAÇÃO NA FONTE
SINDICATO NACIONAL DOS EDITORES DE LIVROS, RJ.

P832e

Polizzi, Valéria Piassa, 1971-
Enquanto estamos crescendo / Valéria Piassa Polizzi ; ilustrações Miadaira. - 1.ed. - São Paulo : Ática, 2003.
128p. : il.

Contém suplemento de leitura
ISBN 978-85-08-08963-5

1. Literatura infantojuvenil. I. Miadaira, 1956-. II. Título.

09-4348. CDD 028.5
CDU 087.5

ISBN 978 85 08 08963-5 (aluno)
ISBN 978 85 08 08962-8 (professor)

2014
1ª edição
9ª impressão
Impressão e acabamento: Corprint Gráfica e Editora Ltda.

Todos os direitos reservados pela Editora Ática, 2003
Av. Otaviano Alves de Lima, 4400 – CEP 02909-900 – São Paulo, SP
Atendimento ao cliente: 4003-3061 – atendimento@atica.com.br
www.atica.com.br – www.atica.com.br/educacional

IMPORTANTE: Ao comprar um livro, você remunera e reconhece o trabalho do autor e o de muitos outros profissionais envolvidos na produção editorial e na comercialização das obras: editores, revisores, diagramadores, ilustradores, gráficos, divulgadores, distribuidores, livreiros, entre outros. Ajude-nos a combater a cópia ilegal! Ela gera desemprego, prejudica a difusão da cultura e encarece os livros que você compra.

EDITORA AFILIADA

Valéria Piassa Polizzi

Enquanto estamos crescendo

Ilustrações
MIADAIRA

editora ática

Foto: Peter Grundböck

Em crescimento

Quando escrevi meu primeiro livro, o *Depois daquela viagem*, eu era ainda muito jovem, o que surpreendia as pessoas. "Tão nova e já publicou um livro?" Agora que "cresci", e sou uma adulta, as pessoas me perguntam como eu consigo continuar escrevendo sobre e para adolescentes, já tendo chegado aos 30. Como eu posso adivinhar o que vocês pensam, como vivem, se divertem, sonham, sendo que hoje está tudo tão diferente e corre tudo tão mais rápido do que foi na minha adolescência?

Em primeiro lugar, não acho que as coisas estejam tão diferentes. Os tempos podem ter mudado muito. Os costumes se modernizam cada vez mais rápido, sim. A moda é outra, a música é diferente, as gírias são novas. Mas as inquietações com as mudanças do corpo, a redescoberta do mundo através de novos olhos, a curiosidade sobre a vida sexual, os medos e as inseguranças em relação ao futuro, o aprendizado nos relacionamentos... A essência de tudo isso continua a mesma. É só qualquer adulto parar para pensar com o coração, fechar os olhos e lembrar a fundo dessa época de transformações, e vai perceber que só o que mudou foi mesmo a superfície.

A adolescência é e vai continuar sendo a fase do crescimento. Diferente da infância, porque é um crescimento com consciência. Consciência dessas transformações, internas e externas. Quando a gente vai se descobrindo gente, cidadão do mundo. Para mim, uma fase apaixonante de nossas vidas.

Depois de ter publicado um primeiro livro, autobiográfico, que criou uma identificação tão grande com os jovens, não pude mais parar de escrever. Depois de ter viajado pelo país, dando palestras em escolas e faculdades, não pude mais parar de ouvi-los. E a cada carta ou *e-mail* que recebo de um de vocês, percebo o quanto ainda está por ser escrito. Quantos assuntos, temas... quantas histórias... Não só *para* vocês, mas principalmente *sobre* vocês. Ou quem sabe sobre nós. Porque quando escrevo tenho a certeza de que a adolescente dentro de mim ainda vive. E está em puro crescimento.

Valéria Piassa Polizzi

Sumário

* As crônicas assinaladas foram originalmente publicadas na revista *Atrevida*.

Para minhas queridas avós, Belmira e Ana Maria,
que se especializaram em adolescentes, de tanto criar
netos foragidos das casas de pais separados.

Em família

Amor de gigante

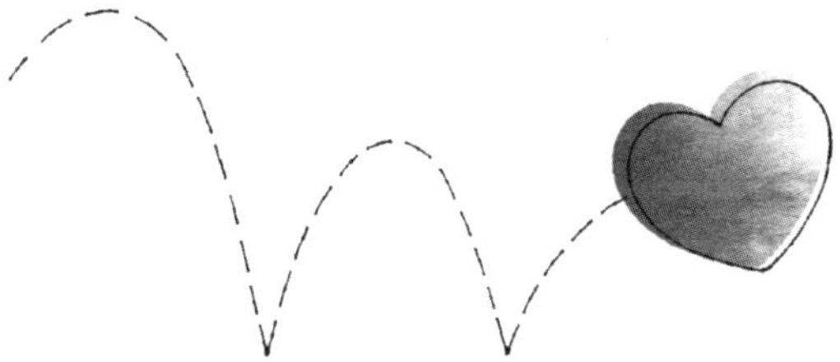

Ivan sai do elevador e entra no apartamento batendo a bola de basquete no chão:

– E ele passa por um, e ele dribla o outro, e ele corre e vai e vai... É cesta!

– Quantas vezes já falei pra não bater essa bola aqui dentro, Ivan?

O garoto põe a bola embaixo do braço e cobre a cara com a aba do boné.

– Foi mal, mã.

Do sofá, onde está a fazer as unhas, ela pergunta:

– Por que não ficou lá embaixo jogando na quadra, hein?

– O jogo acabou. Ah, e tá muito quente, todo mundo subiu – justificou, tirando o boné e jogando-o sobre a mesa. – Cadê o pai?

– Tá fazendo imposto de renda no escritório. E não comece a espalhar coisa pela casa, menino!

– Ai, que tédio! – e, olhando pela janela: – Vamos pro clube, mã?

– Hoje não, filho. Se quiser, vá você, pegue um ônibus.

– Eu não, neste calor... – e dá mais duas batidinhas com a bola no chão.

– Ivan, o que eu acabei de falar?!

– Ôps, esqueci – larga a bola, que vai batendo no chão em declínio, até parar.

– Vá para a praia, meu filho.

– Vá ver o calor que está lá fora, mãe!

– Então sossega e fica aqui dentro no ar condicionado! E pouco barulho que seu pai precisa de silêncio para se concentrar.

– Ah, tédio, tédio, tédio! – reclama o menino de novo. E num malabarismo enorme com seu um metro e oitenta, passa por entre o sofá, a mesinha de centro e as pernas da mãe, e se senta ao lado dela.

– Ai, cuidado, Ivan! Não sabe se mexer sem tirar tudo do lugar?

Ele pega uma das mãos dela. Que quase some dentro das dele. E, examinando:

– Vai pintar de que cor?

– Acho que nem vou pintar. Só estava tirando o esmalte velho. Semana que vem vou à manicure.

– Isso mesmo, deixa transparente que eu acho mais bonito – diz, com ares de entendido que a faz rir. Ele encosta a cabeça em seu ombro e se estica todo no sofá, como um gato manso.

– Tira o pé da mesinha, Ivan!

– Pô, mãe, que saco!

Emburrado, escorrega a cabeça para o colo dela, esparramando o resto do corpo. Seus pés, de qualquer modo, não cabem no sofá, ficam de fora. E de repente ele se sente extremamente grande. Quando foi que cresceu tanto assim? Sempre quis chegar ao tamanho do pai, mas agora parecia tão maior que... sua mãe. E de baixo para cima olha seu rosto fino, seus cabelos compridos. Orgulhava-se de ter uma mãe jovem e tão bonita. Na escola até seus amigos comentavam.

Mas agora nem sua cabeça cabia direito no colo dela... Como ele podia ter nascido de dentro dela? Daquele ventre mínimo. E ainda mamado em seus seios?

– Tá pesado?

– Não, pode ficar – e ela continua a lixar as unhas. Ele se vira para o outro lado e fecha os olhos.

Acabado o serviço, ela coloca a lixa sobre a mesinha. E como se não soubesse exatamente o que fazer com as mãos, agora desocupadas, apoia-as na cabeça dele, meio sem jeito. Há quanto tempo não ficavam assim, tão perto? Vai se lembrando dele ainda bebê, todo dependente, protegido por ela. E enquanto acaricia seus cachos, num cafuné infinito, de repente se dá conta: "Como cresceu! Parece quase... um homem". Ele se encolhe todo. Gato manhoso. "Corpo de homem, coração de menino", pensa ela.

– Precisa cortar esse cabelo, hein, meu filho? Olha só o comprimento que está isso?

– Hum... – ele solta um gemido, misturado a consentimento. Não quer que ela pare, está tão bom... Que saudades disso. E ele se sente pequenino de novo, como quando cabia inteirinho em seu colo. Adormece feliz.

A tarde vai passando de mansinho e mãe e filho cochilam no sofá.

Já é noite quando o pai entra na sala e acende a luz, de supetão:

– Bonito, hein?! – diz. – Eu quebrando minha cabeça e os dois aí...

A mãe abre os olhos devagar. O garoto se espreguiça.

– Vamos acordar, minha gente! Ô Ivan, que folga é essa, moleque? O tempo do "colinho da mamãe" já acabou!

– Amor, deixa ele... Estava dormindo tão gostoso, tadinho...

– Vai, vamos... Quem quer sair pra comer uma pizza?

– Pizza?! – repete Ivan, já se sentando. – Até que enfim alguém resolve fazer alguma coisa interessante nesta casa!

– Isso, vai tomar um banho e se trocar – manda o pai, puxando-o do sofá e lhe dando um sopapo carinhoso na orelha. Em seguida senta-se em seu lugar: – Vai, grandão, que a partir de agora esta flor é só minha – e envolve a mulher nos braços, que ri. – Vá, fique bem bonito, que com um pouco de sorte você ainda arruma uma namorada linda que nem esta aqui.

– Pô, pai, não enche! – reclama Ivan, esfregando os olhos. E, antes de sair, olha mais uma vez para a cena bonita dos dois abraçados no sofá. "Se eu já cheguei ao tamanho dele", pensa, "quem sabe um dia arrumo, sim, uma tão linda quanto ela".

Educação começa em casa

Na cozinha a filha lava a louça, enquanto a mãe seca. E todo domingo é assim. A família almoça junto. Às vezes vêm mais parentes, tios, primos, avós... É uma refeição animada. Matar a saudade de todos, receber notícias dos que não vieram, contar como foi a semana. Depois eles se vão. Pai e filho assistem ao futebol, enquanto mãe e filha arrumam a cozinha.

– Mãe, a senhora trabalha fora como o papai, né?

– É, né, filha.

– A senhora ganha a mesma coisa que ele?

– Infelizmente não. Bem menos.

– Mas trabalha o mesmo tanto de horas.

– É. É uma injustiça.

– Trabalha até mais, porque em casa sobra tudo pra senhora.

– Coisas da vida, filha

– Mas não é justo.

– Não. Não é.

– Por que a senhora, então, não põe ele pra ajudar?

– Hum, imagine só, seu pai limpando a casa... Ele acha que isso é coisa de mulher. Ele foi educado assim. Já está com quarenta e cinco anos. Você acha que agora vai mudar?

– Talvez o papai não, mas o Fabinho bem que podia aprender. Senão um dia ele cresce, casa e repete tudo de novo com a mulher dele. E dá a desculpa de que foi educado assim. E pela senhora.

– Hum... – fez a mãe. Enxugou mais dois pratos enquanto espiava pai e filho, sentados no sofá com os pés na mesinha da sala, assistindo TV. – Fabinho! – chamou ela.

– Que é, mãe?

– "Que é" não, "senhora". Venha cá. Estou chamando – o garoto se levantou com má vontade e foi até a cozinha. – Toma – disse a mãe, lhe entregando o pano de prato. – Enxugue essa louça.

– Mas, mãe, eu tô vendo jogo...

– Eu também gostaria muito de me sentar e pôr meus pés pra cima. Vai, anda logo.

Fabinho começou a enxugar a louça, que a menina continuava a lavar. A mãe agora guardava tudo no armário.

– Num instantinho a gente acaba. Em três vai bem mais rápido – disse a mãe, animada.

– Em quatro, iria mais rápido ainda – sugeriu a menina, calmamente.

– Hum... – fez a mãe. E deu uma olhada no marido, largadão no sofá. – Ô, Geraldo, venha cá, fazendo um favorzinho...

– Fala, mulher...

– Vem cá, bem. Só um minutinho.

Ele veio arrastando os chinelos. Deu com o filho enxugando pratos. Soltou uma risadinha.

– Aí, Fabinho... Sobrou *procê*, moleque?

– Leve o lixo lá pra fora, fazendo o favor, meu querido.

– Ih, sobrou pra mim também? – ele catou o lixo e, enquanto saía pela porta dos fundos, reclamou: – Sua mãe acordou com o pé esquerdo hoje.

– Direito! Com o pé direito, a mãe acordou – rebateu a menina.

– Sim, muito bem dito, filha. E essa de "direitos" vai continuar aqui em casa, a partir de agora. Todos os dias! Ouviram bem? É bom irem se acostumando. Direitinho!

Sobre valores e justiça

– Pai, preciso de uma grana.

– Já te dei a mesada na semana passada, Rodrigo – responde o pai, sem parar de ler o jornal.

– Aquela grana? Já acabou faz tempo.

– Vocês pensam que eu sou banco, né? Pensam que podem queimar todo o meu dinheiro nessas porcarias de *videogame*...

– Desta vez não é pra isso, pai.

– É para quê, então?

– É que... eu queria ir ao cinema. Aquele filme novo, sabe aquele, que eu te mostrei o cartaz? Eu queria tanto ver...

– Por que não guardou a mesada pra isso?

– Pô, pai, é que... sei lá... a grana foi indo e... acabou.

– Devia ter pensado antes. Já falei que dinheiro não nasce em árvore – diz, sem tirar a cara do jornal.

– Eu posso... fazer alguma coisa em troca – oferece o filho. – Lavar seu carro?

O pai olha desconfiado. Mas a oferta lhe parece justa.

– Tá bom – diz ele, bufando. Enfia a mão no bolso e tira uma cédula. – Toma aqui.

O garoto pega, examina e continua com o olhar caído.

– Que é que foi agora?

– É que... isto não dá.

– Como não? Lógico que dá! É exatamente quanto custa a entrada. E mais ou menos quanto custa para lavar um carro por aí.

– É que... eu preciso de duas.

O pai abaixa o jornal e examina bem o filho. O que significaria aquilo?

– Pois é, pai – continua Rodrigo, sabendo que lhe deve uma explicação. – É que eu queria convidar uma... uma amiga. Uma amiga da minha classe.

– Ah! – exclama o pai, com os olhos a brilhar. – Uma garota.

Nesse instante sai de trás do sofá o irmão menor, que até agora arrumava tranquilamente sua coleção de figurinhas.

– O Rodrigo tá apaixonado! O Rodrigo tá apaixonado!

– Cala a boca, imbecil! – berra Rodrigo.

– Tá sim! Eu vi ele com a menina lá no muro da escola!

– Fazendo o quê? – pergunta o pai, interessado.

– Conversando, né, pai? – responde Rodrigo, tímido.

– Isso porque ele é um bobo – vai logo dizendo o menor –, porque se fosse eu, tinha tacado logo um beijão, assim, bem na boca!

– E o que você entende disso, Pinguim? Volta lá pra suas figurinhas – diz o pai.

– É isso mesmo, não se mete em assunto de... de adultos – emenda Rodrigo.

– É isso aí – concorda o pai, meio surpreso consigo mesmo. E do bolso tira mais uma nota e vai entregando ao filho, todo orgulhoso, quando:

– Hum, e vai dar assim, *de grátis*? – protesta o menor, se pendurando no sofá. – Então eu também quero!

– Seu irmão vai fazer por merecer. Vai lavar meu carro.

– Pra lavar era só uma. Se ele quer duas – aconselha o pequeno –, mande ele encerar também.

– Hum... Justo – diz o pai, pensativo.

– Tá bom, vai – concorda Rodrigo, olhando feio para o irmão.

– Ahá, se ferrou! – comemora o pequeno, pulando.

– Venha cá, seu espertinho – chama o pai. – E você trate de passar o aspirador no carro todo por dentro!

– Mas eu não pedi dinheiro – protesta ele, dando de ombros. – Nem sou besta de pagar cinema pra menina. Elas que paguem as delas. Não vivem falando em direitos iguais?

– Ah, então você não vai querer mais mesada? – pergunta o pai, sorrindo.

– Mesada é outra coisa, né? Já é fixo. Você sempre deu. O Rodrigo tá pedindo uma grana extra.

– Não vejo diferença nenhuma. Por acaso está escrito em algum lugar que a mesada é obrigação de pai?

Agora é o pequeno que bufa:

– Tá bom, vai. Eu passo o aspirador no seu carro – e, pensando um pouco: – Mas vai ser assim agora, toda semana?

– Você não aprende a ficar quieto, hein, Pinguim?! – bronqueia Rodrigo.

– Se vocês quiserem dinheiro...

– Pô, pai, não acho justo! – continua a protestar o menor.

– Pensando bem, eu também não – diz o pai. – Você também usa o carro e, aliás, é o que mais suja, com esse seu tênis imundo e seus salgadinhos esfarelentos. Estou pagando por um serviço que deveria ser sua obrigação automática.

– Tô falando pra calar o bico! – diz Rodrigo, puxando o irmão. – Você não aprende?

– Mas eu acho... – ainda solta o pequeno. Rodrigo o abraça, e com a mão lhe tapa a boca:

– Você não acha mais nada. Vamos logo dar um trato nesse carro, enquanto a oferta ainda está de pé – e vai arrastando o pequeno dali. E antes de sair:

– Obrigado, hein, pai.

– De nada, filho.

A cor vermelha

Sentada na escada da varanda, nos fundos da casa, com a saia maltrapilha embolada no meio das pernas, a menina pintava as unhas roídas das mãos. De vermelho.

– Vixe, num vai sobrá pra pintá as do pé...

Levantou-se e, na pia do tanque, deixou que duas gotas d'água pingassem dentro do velho vidrinho. Sacudiu bem.

– Hum... acho que assim dá.

Sentou-se de novo na escada e, por um instante, antes de recomeçar, observou a brisa que levantava uma fina camada de poeira do chão.

– Ah, que calor! – embolou a saia no meio das pernas e curvou-se sobre os dedos dos pés. Mas, antes que terminasse de pintar a unha do dedão, ouviu:

– Zilda! Zilda! – A voz estridente da velha. – Onde está essa menina?

Largou o vidro de esmalte, se levantou e atravessou a cozinha correndo:

– Sim'sora, já tô indo!

Chegou à sala e pôs as mãos para trás.

– Onde você se meteu, menina? Não mandei tirar o pó dos móveis aqui da sala?

– Já tirei, sim'sora!

A velha passou o dedo pela cristaleira antiga e a menina envesgou os olhos quando ela lhe esfregou o dedo empoeirado no nariz:

– Isto aqui está limpo, por acaso?

– Tem muito vento hoje.

– Não me interessa, vá pegar um pano e limpar essa porcaria! Daqui a pouco pode chegar alguém e essa casa assim...

A menina foi até a cozinha pegar o pano, pensando que de nada adiantaria. Meia hora depois, com todos aqueles janelões abertos, estaria tudo sujo novamente. Mas voltou e, ajoelhada, começou a limpar a mesinha de centro. A velha, ajeitando os óculos no nariz, balançou a cabeça:

– Você pintou essas unhas de novo, Zilda? Já não falei que menina da sua idade de unha vermelha não presta?

Zilda continuou concentrada no serviço.

– Essa não tem jeito, vai ser que nem a mãe, mulher da vida – disse a velha para si mesma, sentando-se na cadeira de balanço.

– Não adiantou nada ter te tirado de lá. Te dado casa, comida, te deixar ir à escola... Ingrata, não aprende mesmo, sua *caboquinha*. Mal saiu dos cueiros, ainda vai fazer doze anos e já pensa que é gente.

– Já acabei, sora. Mais alguma coisa?

– Busca lá uma bacia de água quente. Tô com uma dor *nos pé*...

Em poucos minutos Zilda voltava com a bacia. Cuidadosamente descalçou os pés da velha e mergulhou-os na água.

– Ai, ai! – gemeu a velha, de dor misturada com prazer. – Isso, faz massagem, Zilda. Assim, isso. Ah, aí, aperta mais aí. Esse calo está me matando. Isso, ah... – e aos poucos a velha foi relaxando na cadeira. – Falo essas coisas pro seu bem, menina. Tem de ser moça direita.

E esticando a mão enrugada, num enorme esforço, deu dois tapinhas no cabelo crespo da menina. Como se isso fosse o mais perto que ela pudesse chegar.

– Ah, minha *caboquinha*, você está crescendo tão rápido... Daqui a pouco vai embora, seguir por esse mundão e nunca mais vai voltar.

Zilda continuou a massagear-lhe os pés. A velha relaxou por completo até mergulhar numa soneca. E ao som de seu ronco a menina ficou a olhar o sol baixando devagarinho, pela janela. Quando sentiu a água já fria, acordou-a enxugando-lhe os pés:

– Já tá de noite, sora. Posso fechar as janelas? Acho que vem ninguém hoje não.

– Cambada de ingratos! – resmungou a velha se levantando. – Como dizia meu avô, um pai cria dez filhos, mas dez filhos não criam um pai.

– Quem sabe amanhã... – consolou a menina, com pena.

– Amanhã, amanhã... – a velha deu de ombros, seguindo para seu quarto. – E fecha tudo aí direito, menina! Ah, se eu fosse depender dessa gente...

Zilda fechou toda a casa, apagou as luzes e foi para os fundos. No seu quartinho, com as paredes cobertas de sonhos tirados de recortes de revistas, se ajeitou na cama e, feliz, terminou de pintar as unhas dos pés.

– Vermelho, êh cor bonita!

Uma batalha

Não que eu não goste dela. Pelo contrário. Toda vez que chego à sua casa, me recebe de braços abertos:

– Fred, meu querido, que bom, veio visitar a tia?!

E me arrasta para a cozinha, onde conversamos enquanto ela mexe nas panelas. Ela é boa de ouvir os outros. Principalmente quando o assunto é família ou namorada. O cheiro da comida vai dando uma água na boca... Aí eu elogio, e ela se estufa toda, como um pavão. E, com a colher de pau cheinha à minha frente:

– Ah, experimenta um bocadinho!

Tenho de admitir: como cozinha gostoso. Melhor do que minha mãe, melhor até do que minha avó. E me trata bem, não posso reclamar, de nada, nada mesmo.

Todo o problema é quando ele chega. Já sua presença é como se estivesse a se desculpar. Nem parece o dono da casa. Me cumprimenta numa boa e nós conversamos um pouco na sala. Dele eu gosto. De verdade. É uma daquelas pessoas que não falam muito. Mas seu silêncio é capaz de preencher um ambiente. De paz. E quando estamos a sós, rola um papo tranquilo, sem grande importância, sem pressa. Comentamos o último jogo do campeonato, ele diz alguma coisa por alto de seu trabalho, eu conto sobre meus estudos...

Parece que tudo sempre começa à mesa. Quando da cozinha ela anuncia:

– O almoço está pronto! Venha, Fred querido, vamos comer!

Eu me encaminho como quem vai para um matadouro. E o boi a ser sacrificado, ele.

Ela me oferece o melhor lugar, a seu lado. Camarote para o espetáculo. Enquanto ela se vira para buscar o prato principal, meus olhos se concentram nele. Sentado à minha frente, está calmo. Ajeitando o guardanapo, reorganizando seus talheres... Mas não como quem escolhe as armas. Parece que se esqueceu de como vai ser. Então ela vem. O movimento de colocar na mesa a travessa já é uma afronta. E ela começa:

– Antônio, aquela carne que você trouxe ontem estava um lixo! Tive de sair hoje cedo para comprar outra. Imagine, a gente com visita em casa, servindo aquela sola de sapato!

Ele não responde. Continua quieto, se servindo. Eu sei que ele não vai responder. Digo eu alguma coisa:

– Que isso, tia, não precisava se incomodar. Tenho certeza de que a senhora transformaria qualquer "sola de sapato" num filé de primeira.

Ela se estufa toda novamente. Trégua. Por uns segundos só se ouve o tilintar dos talheres.

– Você precisa ver seu tio fazer compras – recomeça ela. – Não entende nada de nada. Olha, se não sou eu nesta casa a cuidar de tudo, não sei onde iríamos parar – dessa vez nem me manifesto. – E aquele dia que você trouxe um liquidificador quebrado da loja?! Conta pra ele, Antônio!

Meu olhar cruza com o dele. Ele sorri, sem mostrar os dentes. Como um paciente educado que não reclama da injeção. E eu baixo meus olhos. Conheço de cor a história.

– Imagine, Fred, comprar um eletrodoméstico e nem checar se ele está funcionando! Coisa de caipira, mesmo. E olha que era um presente para mim. Só seu tio para me aprontar uma dessas! E depois, quando voltamos lá para trocar, o vendedor foi de uma tal grosseria... E ele nem pra revidar! Ficou lá, quieto, que nem um pateta! Mas conte, Antônio, conte pra ele o escândalo que eu fiz!

Todo almoço é isso. Ela contando seus *causos*, fazendo pouco dele, espezinhando. Mas ainda assim é melhor do que quando ele, de bom humor, resolve contar alguma coisa. E ela, como quem açoita um cão sarnento:

– Não foi nada assim, Antônio! Depois de velho deu pra mentiroso? Eu vou te contar direito como foi, Fred. Se a gente for na conversa desse aí...

Chega a um ponto em que eu não aguento mais. Olho pra ele duro, exigindo um enfrentamento. “Pô, tio, seja homem!”, tenho vontade de gritar. “Exija respeito!” Mas o olhar que recebo de volta é de um conformismo de dar pena. E sempre o mesmo sorriso. Engulo o meu ódio. Ela, como que pressentindo o perigo, aparece com a sobremesa na mão:

– Seu tio Antônio adora este pudim de leite condensado! Você também, não é, Fred?

Por alguns instantes ela para de falar. Bem sabe que chegou ao limite. E então, com desgosto, como a sobremesa. Tio Antônio, ao contrário, se delicia todo com o doce a se desfazer em sua boca. Parece uma criança feliz que ganhou um prêmio por bom comportamento. Terminado o almoço, ela parte ocupada a tirar a mesa e a arrumar a cozinha. Ele respira fundo, se recostando na cadeira. E, com seus gestos retraídos, limpa a boca com o guardanapo e olha para mim. Nesse breve instante, apesar de toda a sua humildade, tenho a nítida impressão de enxergar nele um certo ar de superioridade. Daqueles que só os vencedores podem ter.

O caso do livro desaparecido

A avó está revirando a sala.

– Puxa, não consigo encontrar meu livro.

– Você já olhou na estante, mãe?

– Na estante, no quarto, no armário, na cozinha... Não sei onde foi parar. Eu estava lendo, ainda hoje cedo, quando vocês chegaram.

– Será que o Mateus pegou?

– O que o Mateus iria fazer com meu livro?

– Mateus? Mateusinho, venha cá! Onde está esse menino? – a mãe olha o corredor, um quarto, outro, abre a porta da frente, olha no quintal. De repente, um barulho de furacão. Uma porta bate lá no fundo e mais outra. O vento corre pela casa. Com ele vem um cachorro. E num segundo está ali o furacão, olhando para ela, com seus olhinhos negros.

– Onde você estava?

– Eu tava lá.

– Lá onde? Fazendo o quê?

– Venha aqui com a vovó, meu docinho.

– Hum, isto está me cheirando a arte – diz a mãe, desconfiada.

– A vovó tá procurando o livro que ela estava lendo. Você viu?

– Eu, não – diz, balançando a cabeça. – Mas a Sacha viu. – Sacha é a cadela vira-lata. Está bem ali ao lado com cara de inocente, língua de fora e abanando o rabo.

– Ah, a Sacha viu? E onde foi que ela viu?

O menino coloca as mãozinhas ao redor da orelha da avó e sussurra baixinho um segredo de Estado:

– Ela escondeu.

– Escondeu?! Por quê?

– Porque ela disse assim – vai falando ele, todo compenetrado. – Que você, vó, nem queria brincar com ela, só ficava lendo o livro. Daí, ela escondeu de você.

– É mesmo? E onde foi que ela escondeu?

– Pergunta pra ela! – e de um salto sai correndo. A fiel cadela atrás.

– Mateus, volta já aqui, menino! – berra a mãe. E ele dá uma volta pela casa. As portas batem, a cachorra late, o menino grita, a avó ri. – Que casa de louco! – diz a mãe.

– Casa de avó é para isso mesmo, minha filha. Já se esqueceu do que vocês aprontavam na casa da sua avó Lena?

O menino volta e se esconde atrás das pernas da mãe. Dali solta uma musiquinha:

– A Sacha me contou onde tá o livro, mas eu não vou contá, lá lá lá lá lá...

– Para de graça, Mateusinho! Onde está o livro da sua avó?!

Ele tapa a boca com a mão, balança negativamente a cabeça.

– Calma, filha. Vamos usar de psicologia. Venha cá, meu docinho. Venha conversar com a vovó – ele dá um pulo em seu colo. – Ui, que menino pesado! Ainda bem que a vovó ainda não tá velhinha – e ela o abraça. – Será, meu docinho, que se eu prometer que vou brincar com a Sacha, ela conta onde escondeu meu livro?

– Acho que conta.

– Então tá, eu prometo, viu, Sacha, que vou brincar o dia todo hoje com você. Agora conta onde está meu livro. Mateusinho, pergunte você a ela. A vovó não entende língua de cachorro.

Ele se abaixa e abraça o cão. Põe seu ouvido perto da boca canina e leva uma deliciosa lambida. A mãe, de braços cruzados, torce o nariz.

– Ela já falou onde tá, vó.

– Então mostra pra vovó, meu docinho.

Ele pega a mão da avó e a leva até o banheiro. Levanta a tampa da privada.

– Meu clássico favorito, sua peste! – ela grita.

– Peste, não – corrige a filha, da sala. – Seu docinho!

A espera

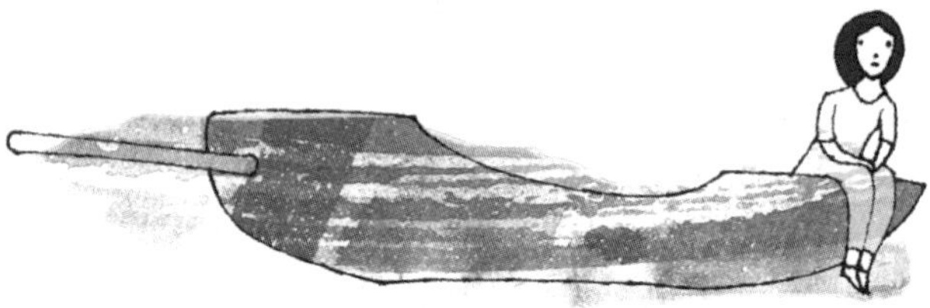

Esperei por ele a manhã toda.

Já na hora do almoço minha mãe aparece na sala. Ainda de camisola, com cara de sono.

– Eu avisei que ele não vinha.

Pego uma revista na mesinha. Para distrair meus olhos.

– Não sei por que você ainda espera. Há quinze dias foi a mesma coisa.

E ela acende um cigarro. A fumaça toma conta da sala. Detesto esse cheiro.

– Quantas vezes vou ter de repetir que seu pai não está nem aí pra você?

"Mentira", eu penso. "Ele teve um contratempo. Ou não quis vir para não encontrar a mãe".

– Vai ficar aí esperando até que horas?

Barulho. Um carro para na rua. Uma porta se abre e se fecha. Meu coração dispara. Ela vai até a cozinha. Volta com um copo de café. Nada.

– Você quer almoçar?

– Não, tô sem fome.

Ela vai ao banheiro. Liga o chuveiro. Seu banho é demorado. A água cai infinitamente.

O telefone toca, num sobressalto atendo:

– Alô?

– Filha, sou eu. Olha, atrasei por aqui. Tive uns problemas.

– Tudo bem, pai. Eu espero.

– Não, não... Hoje não vai dar mais. Já tá tarde pra pegar estrada. Semana que vem? Não. Quem sabe na outra. Acho melhor.

– Tá.

– Então tá. Em quinze dias. Até lá, filha.

– Um beijo, pai.

– Outro. Tchau.

Desligo o telefone. Tudo bem, em quinze dias...

– Vamos pegar um cinema?

Ali está ela de novo. Agora toda arrumada. Se trocou, penteou o cabelo, passou batom. Parece outra pessoa.

– Vamos? Já está passando aquele filme que você queria ver... Podemos ir ao *shopping*, também tomar um lanche por lá...

Me levanto em silêncio. Vencida.

Ela pega sua bolsa e abre a porta. Saio atrás dela. Na rua, o ar fresco me envolve. Com ele vem o alívio. Pelo menos a espera acabou. Por hoje.

Nessas horas

Depois da notícia, Eugênio deixou sua casa sem rumo. Montou na bicicleta e saiu pedalando a toda velocidade. Logo estava fora da cidade. Mas nem sequer se deu conta de para onde estava indo. Só repetia o mesmo movimento, de forçar um pedal de cada vez. Às vezes com tanta força que todo o seu corpo se equilibrava sobre eles. E depois voltava a apoiar-se no assento por alguns minutos. Os músculos da perna a queimar. Sempre pedalando. Rasgando o vento. Que lhe batia no rosto e embaçava sua visão. A paisagem passando rápida ao seu lado. E ele segurava o guidão e ia.

Não soube ao certo quando e por que parou. Só se lembra de que, em um determinado momento, toda a sua força pareceu se esgotar. E ele entrou com bicicleta e tudo num amontoado de feno à beira do caminho. Foi isso, num segundo só velocidade; no outro, o corpo caído no chão. Como se o baque o tivesse trazido de volta à realidade, sentou-se, deixando-se ali ficar.

Uma outra bicicleta veio pelo mesmo caminho. O garoto que pedalava parecia alguém que termina uma maratona a muito custo. Assim que viu Eugênio, desceu e largou a bicicleta caída no chão. Ofegava suado e apoiando as mãos nos joelhos; curvou o corpo, tentado se manter de pé.

– Achei que não fosse te alcançar – disse ele, entre uma respiração e outra. E limpando o suor do rosto na camiseta molhada: – Você está bem?

Eugênio não respondeu, continuou com o olhar perdido.

– É uma merda, né? – disse o outro, sentando-se. – O que dizer numa hora dessas?

– Quer água? – ofereceu Eugênio. – Acho que tenho um pouco – antes que o outro respondesse, ele puxou a bicicleta por uma das rodas e alcançou o cantil. Limpou os fiapos de feno e entregou ao outro. Que bebeu sôfrego, jogou um pouco na cara e ofereceu de volta.

– Bebe um pouco você também.

Eugênio deu um gole automaticamente. E depois de um grande silêncio, em que só as folhas se atreviam a chiar, ele começou a falar. Como se estivesse jogando as palavras ao vento:

– O Zé... Ele era louco pelo pai... Que estupidez. A vida arrancada desse jeito. Não consigo... não consigo imaginar o que ele está sentindo. Meu melhor amigo.

– É... Se fosse com o meu pai, acho que eu enlouquecia – e, pegando no braço do amigo: – Eugênio, a gente tem de dar uma força pro Zé.

– Eu sei – concordou ele. E largou o cantil vazio no chão. – Mas como?

– Sei lá...

De repente, Eugênio abaixou a cabeça e começou a soluçar.

– Tudo bem, mano, desabafa – consolou o amigo, chegando mais perto. – Eu sei como você também era ligado nele. Era como um tio de verdade.

– E o Zé, cara, o que eu vou dizer pro meu melhor amigo?

– Talvez a gente não precise dizer nada. Só ficar perto, pra dar apoio, oferecer um ombro...

– É, talvez você tenha razão – concordou, se enxugando.

E os dois deixaram-se ficar por um longo tempo ali, sentados no chão de terra, quietos. Como que buscando forças para poder levar ao amigo. Foi Eugênio que por fim chamou:

– Vamos, então.

Levantando-se, puxou a bicicleta. Sacudiu-a, limpando. E montou. O outro se preparou também. E o caminho de volta eles percorreram lado a lado. Em silêncio. Devagar.

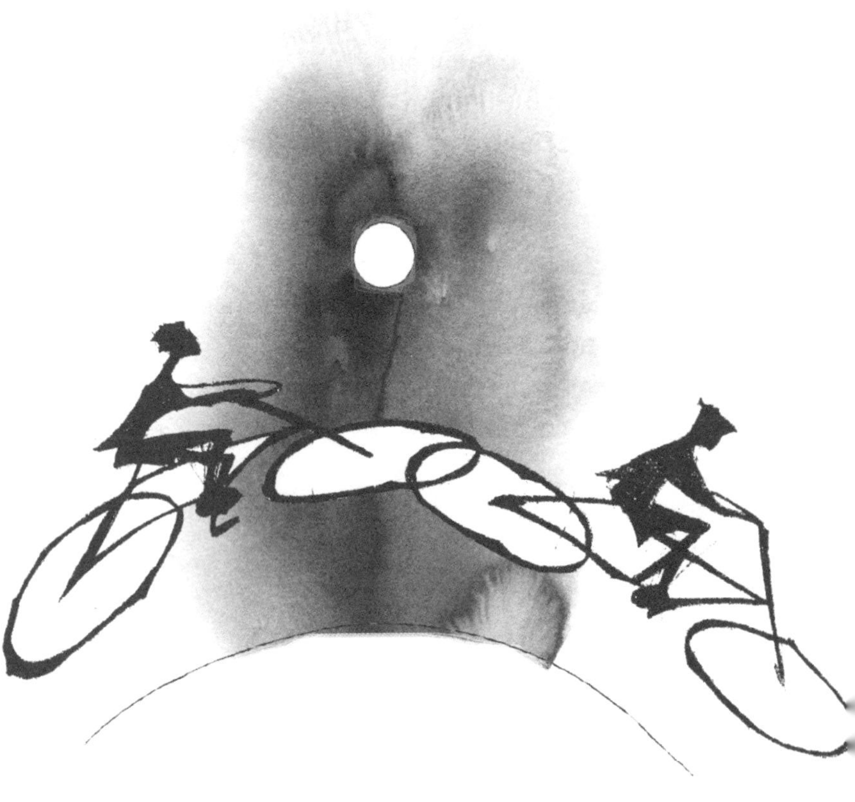

Casos de amor

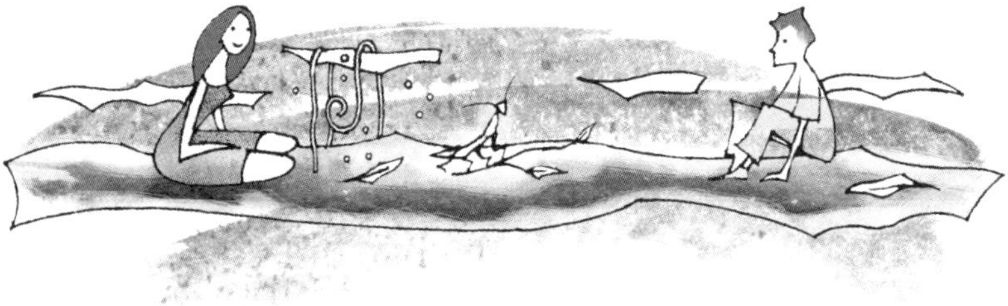

O bicho do adeus

– Eu vou te escrever – disse Rui, jogando uma pedrinha no açude. E, sentada ao seu lado, Gina ficou a olhar os anéis que se criaram na água. Um ao redor do outro, em volta do vazio onde havia afundado a pedrinha.

– Posso até te ligar – e atirou mais uma pedra.

Gina se ajeitou na grama, olhou o campo ao redor.

– Onde foram parar aqueles dois? Minha irmã não sossega!

– Deixa eles. Com essa idade, a gente também adorava fazer nossas "expedições" por aqui, lembra?

– É – e Gina abraçou os joelhos e continuou a olhar o açude. – Será que na sua nova cidade vai ter um lugar como este?

– Não faço ideia. Acho que meu pai nem viu direito a cidade. Só está preocupado com o emprego que ele arrumou.

– Foi bom ele ter arrumado esse emprego, né?

– É. Pena que tão longe...

– Sua mãe deve estar feliz.

– E como. Ela já estava desesperada com o pai sem trabalho há tantos meses.

– E escola pra você?

– Eles estão providenciando a transferência.

Gina cruzou as pernas, catou um graveto na grama e brincou com ele entre os dedos. Depois ficou olhando o sol por trás das árvores, mais adiante, que aparecia e desaparecia, como se estivesse a espiá-los.

– Quem sabe vai ser legal pra você também mudar de cidade... – disse, quebrando o graveto ao meio e jogando um dos pedaços no açude. Que criou anéis na água também. Mas não afundou. Ficou na superfície, boiando. Como que perdido.

– Preferia ficar. Pelos amigos, sabe?

Nesse instante, apareceram as duas crianças correndo.

– Gina, Gina, olha! Olha o que a gente achou! – disse a menina, estendendo um saco plástico com um inseto grande e verde dentro. De corpo comprido, patas finas e cabeça de E.T.

– Olha só, um louva-a-deus – disse Rui.

– Tá vendo? Eu disse que não era grilo, seu burro! Tinha certeza que era o bicho do adeus – a irmã de Gina falou para o coleguinha.

– Não é nem grilo nem "bicho do adeus" – corrigiu Gina, rindo. – Chama-se *louva-a-deus.*

– E sabe por que ele se chama assim? – perguntou Rui. – Porque quando ele está parado desse jeito – ensinou, levantando o saco plástico –, ele lembra uma pessoa rezando.

– Hum – fez a menina, desconfiada.

– Vamos abrir a barriga dele! E fazer uma experiência! – sugeriu o menino.

– Não! Larga de ser ruim! Vamos soltar ele, o bicho do adeus! – e a irmã de Gina catou o saco e saiu correndo, seguida pelo menino.

– Bicho do adeus. Essa é boa! – repetiu Rui, rindo, deitando-se na grama. Mas quando olhou para o rosto de Gina banhado pela luz alaranjada do sol, com o olhar perdido no açude, pensou que talvez o adeus fosse um bicho mesmo. Um bicho mau. Pequeno como um inseto. Mas que, quando picava, deixava uma ferida saliente e doída.

– Daqui a pouco começa a escurecer – disse Gina.

– É – respondeu ele, sentando-se novamente.

– Quando você vai embora?

– Semana que vem.

– Acho melhor, então... a gente não se ver mais.

– Por quê, Gina?

– Só acho melhor – explicou ela, sem encará-lo. Apertando o pedaço do graveto que restara em sua mão.

– Tá bem – concordou ele. Triste por não saber quando voltaria a vê-la. Mas de certo modo aliviado. Agora sabia: dividiam a mesma dor. Haviam sido mordidos pelo mesmo bicho.

Bela adormecida a seu lado

Ainda estava escuro quando o ônibus passou. Seis horas da manhã, horário de verão. Antes de entrar, olhou mais uma vez para o céu negro. Para a estrela mais brilhante, fez um pedido. Cumprimentou o motorista. E devagar, enquanto o ônibus já se locomovia em busca do próximo aluno, ele foi andando pelo corredor de poltronas vazias. Quase no fundo, num assento reclinado, com a cabeça encostada na janela, de olhos fechados, lá estava ela. Seu pedido fora atendido, ela dormia profundamente. Ele, então, colocou a mochila embaixo do banco e sentou-se a seu lado sem fazer barulho. Ela deu um suspiro e sem acordar virou o rosto em sua direção. Ele parou de respirar. O coração começou a bater tão forte que teve medo de ela ouvi-lo. "Não desperte ainda, por favor não desperte", suplicou em pensamento. Como iria explicar-se, sentado ali, com todos os lugares ainda vazios? Ela não voltou a se mexer. Aos poucos seu coração acalmou. Atreveu-se a olhar o seu rosto, medir seus traços; assim tão de perto tomavam outras dimensões. Os cílios longos e escuros, as curvas bem desenhadas da boca, a pequena pinta sob o lábio superior, tudo tão delicado.

Lembrou-se de quando teve de começar a ir de ônibus escolar para o colégio. Seu pai fora transferido de escritório para um bairro do outro lado da cidade. Que maldição, perdera a carona! Implorou que o deixassem ir de ônibus normal. Mas era inviável. Moravam praticamente fora da cidade. Pensou até em mudar de escola. Também não tinha cabimento, só faltavam mais dois anos. Acabou tendo de encarar. Em pleno colegial, e ele ali sentado no meio daquele bando de pivetes. Era mesmo coisa de criancinha! Seus amigos tiravam o maior sarro. "Olha aí, lá vem o neném de busão escolar." Passou semanas emburrado, sentando sozinho, naquele percurso infinito, sem dar atenção a ninguém. Até que... um dia a notou. E, então, uma puxada de papo aqui, uma conversinha ali, um sorrisinho lá...

A menina deu um suspiro. Ele sentiu sua respiração de pertinho. Ela caiu mais para o seu lado, seu braço encostando no dele. Pendeu a cabeça, que lhe recostou nos ombros, e ele sentiu o cheiro cítrico de xampu em seus cabelos. Desejou que nunca chegassem à escola. Que ela nunca mais acordasse e ficasse assim, para sempre, bela adormecida a seu lado.

De fora da janela o céu começava a clarear. Adquirindo aquele tom de azul que só se vê na aurora. O ônibus deu uma freada brusca, parando na frente da casa de outro aluno.

– Já chegamos?! – perguntou ela, de um pulo. – Estou atrasada para a prova?!

– Calma, ainda não. Falta uma meia hora – informou ele. E pensou consigo: "E agora, eu sentado aqui? Que desculpa vou dar?".

– Minha nossa, que cansaço, não dormi a noite inteira, estudando. Você também tem prova hoje?

– Não, as do colegial só começam semana que vem.

Ela deu uma espreguiçada, olhou ao redor. Olhou para ele, sentado ao seu lado. Parecia que só agora se dava mesmo conta disso. Recostou-se de novo na poltrona. E ficou em silêncio. Ele engoliu em seco. Sentiu suas mãos suarem frio. De que adiantava ter pensado em tanta coisa pra falar, se agora não saía nada? Era mesmo um panaca! Já tinha ficado com tantas meninas... Nas festas era só ir chegando, um elogio aqui, um beijo ali, um amasso acolá... E agora não conseguia nem juntar saliva para pronunciar a primeira sílaba. Talvez aquele seu amigo tivesse razão: durão mesmo só dava para ser enquanto não houvesse envolvimento. "Quando você se apaixonar, vai ver... A gente se sente um idiota", dissera.

"Ah, coisa de mulherzinha!", pensou ele. "Neste ônibus de criancinha, com esta menininha da oitava série... Era só o que me faltava!"

– Hã... – ela fez menção de falar alguma coisa. Agora era ele quem dava um pulo:

– O quê?

– Nada, só ia pedir pra você me acordar na hora em que a gente chegar lá. Se não for muito abuso – e sorriu.

Esse sorriso dela lhe arrepiava até as entranhas. Com cara de bobo, ele sorriu de volta.

– Dorme. Pode dormir que eu te acordo.

"Pode dormir que eu te acordo, bela adormecida...", pensou consigo mesmo. E ela encostou a cabeça em seu ombro e fechou os olhos. Quase dormindo, ainda disse:

– Esse horário de verão deixa a gente tão confusa...

– É... essa aurora deixa a gente completamente perdido... – e ele fechou seus olhos também. E deixou que o cheiro cítrico do xampu o embriagasse. "Até o final do ano ainda crio coragem", se prometeu.

Sonho de menino

Na sala de aula, a professora escreve na lousa. O giz desliza suave pelo quadro-negro. Dudu observa as pontas de seus dedos, longos, finos, de unhas cor-de-rosa. “Presente do subjuntivo”, copia ele em seu caderno.

– Essa aula não acaba nunca! – cochicha Maurício, a seu lado.

Dudu lhe devolve um sorrisinho maroto. “Por mim podia durar para sempre”, pensa. E olha para o delicado braço da professora. Escorrega até os ombros. “Hum, a alça do sutiã por baixo da blusa clara...”

– Que saco, não vejo a hora de ir pra casa e lá vem ela com esse monte de lição! – reclama Maurício, de novo.

A professora para de escrever, faz uma cara feia e olha na direção deles. Maurício afunda a cabeça no caderno. Dudu sorri e ela volta a escrever.

– Bem feito! – diz Anita, baixinho. – Vocês não sossegam.

Dudu olha para a sardenta. “Garota pentelha! Mas ela tem razão. Bem feito!” Quando a professora se virou, ele pôde ver o contorno de seus seios. “Ah, bem que ela podia se virar de novo.”

Ele então deixa cair a caneta. Abaixa-se para pegá-la. "Ah, os pés da professora de sandália..." Acha lindo mulher de salto alto. E a batata da perna, forte, roliça. A saia cobrindo os joelhos. Dudu gosta de mulher assim, séria, distinta, feminina. Isso sim é que é mulher, não essas fedelhas da classe. Parecem todas umas tábuas de passar roupa. Magrelas, sem peito. E quando usam aquelas minissaias? Acham que estão abafando, mas parecem mais umas linguiças saltitantes.

– Me empresta a caneta vermelha? – lhe pede Anita.

"Vermelha como a sua cara, sua sardenta irritante", pensa e lhe entrega a caneta:

– Toma.

"A conjugação dos verbos no pretérito mais-que-perfeito...", copia Dudu. Mais-que-perfeito... Mais que perfeitas são aquelas curvas ali na sua frente. "Ah, e a cinturinha perfeita..." Imagina ter aquilo tudo em seus braços. "Se ela tirasse esse salto e eu crescesse mais uns oito centímetros, já dava pra encarar."

– Dudu?

– Ô Anita, o que é?

– Sua caneta. Você vai lá em casa hoje estudar para a prova?

– Sua mãe vai estar lá? Quer dizer, sua mãe deixou?

– Deixou. Você vem?

– Tá bom, lá pelas três.

A professora vira de novo para a classe, pedindo silêncio.

"Ah, quando ela faz esse biquinho. Que lábios, meu Deus! Carnudos como os da mãe da Anita."

– Tá. Te espero lá em casa – diz Anita, baixinho, com seu sorriso metálico.

"Será que daqui a uns dez anos, e mais uns três de aparelho, essa garota vai chegar a um décimo da beleza da mãe dela? E pensar que eu já beijei essa boca. Um selinho só. Mas como pude?"

– Pronto! – diz a professora, limpando as mãos. E a fumaça de giz envolve seu doce corpo.

"Isso sim é que é estar nas nuvens!", sonha Dudu.

– Quem acabar de copiar a lição já pode sair.

"Tudo que é bom dura pouco. Meu prêmio de consolação é ir ver a Anita, quer dizer, a mãe dela."

À tarde, Dudu chega à casa da menina pontualmente. Toca a campainha. E lá vem a sardenta serelepe abrir a porta.

– Oi!

– Sua mãe está em casa?

– Está, mas já vai sair daqui a pouco – diz sorrindo. – Vem, vamos entrar.

– Boa tarde, dona Laura.

– Dudu, que bom te ver por aqui. Vão estudar?

– É, temos prova semana que vem.

– Isso mesmo! Aluno aplicado não deixa tudo pra última hora.

– A gente faz o que pode.

Dona Laura sorri.

– Olha, deixei um lanchinho pra vocês lá na cozinha. Volto lá pelas cinco. Tchau! Bom estudo.

Dudu e Anita se sentam à mesa da sala, ela toda sorridente.

– Você não me chamou aqui pra estudar, não é, Anita?

– Claro que foi! Você acha que foi pra quê?

– Da ultima vez...

– Ah, seu idiota! Não é nada disso! – e avança para cima dele, já querendo lhe dar um bofete.

"Essa sardentinha é mesmo fogo!", ele diz para si mesmo.

Dudu segura-lhe as mãos e taca-lhe um beijo. De olhos fechados, são os lábios de dona Laura que ele sente. Ou seriam os da professora? Doces segundos. Mas quando se afasta é logo ofuscado pelo sorriso de aço à sua frente. E os olhinhos felizes de Anita. "É... Fazer o quê?"

– Vamos estudar logo, menina. E vê se sossega, piveta!

Churrasco em família

O dia estava lindo. O sol esparramado na grama, a brisa a cutucar as folhas das árvores, os passarinhos mexericando. No grande jardim, um grupo já se reunia em volta da churrasqueira, trabalhando duro para conseguir fazer o fogo pegar no carvão. A grande mesa ao lado estava farta de bebidas, pão francês, molho vinagrete.

Daniel olhou para a entrada, apreensivo, depois à sua volta. Tudo perfeito. Nervoso, ajeitou de novo a pilha de pratos. Só faltava mesmo... E nesse instante ela apareceu, tímida, no portão. Ele se apressou até ela. Um enorme sorriso estampado no rosto.

– Júlia?! Achei que você não viesse!

– Cheguei muito cedo? – perguntou, encabulada.

– Não, já tem bastante gente. Meu irmão está na churrasqueira com os amigos dele e minha mãe, lá dentro, terminando a maionese. O resto do pessoal está chegando aos poucos. Vamos entrando?

E foram caminhando devagar.

– Você convidou mais gente lá da escola?

– Não, só você. Não é assim... nenhuma festa. É só um churrasquinho pra família.

– Nossa, como aqui é grande!

– Só o jardim. A casa, mesmo, é pequena. Minha família adora reunir todo mundo aqui fora. Onde você prefere se sentar? Depois te apresento as pessoas com calma. Ali na mesa ou aqui na sombra?

– Embaixo da árvore, ali, está ótimo.

Daniel buscou uma toalha, que estendeu na grama, e os dois se sentaram, no local mais afastado do bochicho.

– *Péra* aí que vou pegar uma bebida. Você gosta de guaraná, né? – e ele voltou com os copos e a garrafa de plástico. – A carne fica pronta daqui um tantinho.

Algumas meninas foram entrando. De longe acenaram:

– Fala aí, Daniel!

– Oi! – ele acenou de volta. – São amigas do meu irmão.

– Sua família parece ser tão animada...

– É, eles gostam de uma folia.

Um cara alto, forte e bonitão veio entrando. Quando os viu, aproximou-se deles:

– E aí, cunhado, tudo bom? – e com a mão bagunçou os cabelos de Daniel.

– Tudo bem, cara! – e bateram as mãos no ar, com força, num cumprimento.

E ele se foi em direção à churrasqueira, fazendo festa para o grupo.

– Cunhado? Eu não sabia que você tinha uma irmã.

– E não tenho – respondeu Daniel. – Ele é namorado do meu irmão.

Júlia, tentando disfarçar o susto, deu um gole na bebida. Ajeitou a blusa. E ficou assim, meio pasmada, olhando de longe o rapaz chegar e cumprimentar o pessoal animado, e depois dar um longo abraço num outro sujeito bonitão, que havia largado os espetos na churrasqueira para ir ao seu encontro. Pelas feições, devia ser o irmão de Daniel.

– Você tem algum problema com isso? De eles serem *gays*? – perguntou o garoto, vendo seu espanto.

– Não, é que... – ela corou. – Eu nunca... – e baixou os olhos.

– Tudo bem. Nem todo mundo está acostumado...

– É que... Você nunca disse nada e... eles parecem tão... tão homens.

Daniel soltou uma gostosa gargalhada.

– E eles são homens, oras! Só que namoram outros homens.

– Hum... – fez ela, concordando, ainda que seu olhar pasmado a entregasse. Bebeu de novo o refrigerante. – É que, sem querer, a gente acaba pensando que...

– Que todos os homossexuais são afeminados – ajudou ele.

– É. Acho que sim – concordou, limpando a boca com o dorso da mão, quase querendo esconder o rosto. – E também eu nunca tinha visto, assim... tão de perto em... em uma família daqui.

– É, algumas pessoas desta cidade são bem conservadoras. Os mais velhos, principalmente – ele pegou a garrafa para servir-lhe mais guaraná. – A gente se assustou quando chegou aqui há alguns anos – revelou, servindo-se também. – Meu irmão fala que, depois que ele foi fazer faculdade fora, se sentiu bem melhor. Hoje ele não tem nenhum problema com isso. Nem nossa família.

Uma mulher sorridente e cheia de vida veio se aproximando.

– Essa é minha mãe.

– Olá, meus queridos! – foi dizendo ela. – Você deve ser a Júlia. O Daniel não fala em outra coisa, ultimamente.

– Mãe?! – ralhou ele, sem graça.

– Muito prazer. Como vai a senhora? – disse Júlia.

– Senhora está no céu! Me chame de Dirce.

– Tá bem, dona Dirce – respondeu ela, sem jeito.

– Só Dirce, meu anjo. E você, hein?, que menina bonita! Meu filho tem bom gosto!

– Mãe?! – reclamou ele de novo, agora mais feroz.

– Opa, é bom eu sair daqui antes que ele me morda! – a mãe disse, rindo. – Olha, está saindo o primeiro espeto de picanha. Vocês não querem se servir? Eu vou lá dentro buscar mais guardanapos. Fiquem à vontade. E divirtam-se! – completou, soltando uma gargalhada gostosa.

Agora era Daniel quem estava com as bochechas levemente coradas.

– Não liga não – socorreu Júlia. – Coisas de mãe... – e sorriu.

Ele sorriu de volta, mais aliviado.

– Vou pegar carne pra gente! Você gosta bem ou malpassada?

– Médio.

– Vinagrete e maionese de batata?

– Ahã – disse ela, já com água na boca.

Ele voltou com dois pratos fartos.

– Quer a carne dentro do pão? – perguntou ele, todo cavalheiro.

– Pode ser.

Ele cortou o pão francês ao meio e fez um belo sanduíche, repleto de vinagrete.

– Hum, tá uma delícia! – elogiou ela.

Ele sorriu orgulhoso.

– Pã-pã rã-pã-pã pã! – tocou a buzina estrondosa de um carro, do lado de fora.

– Ah, esse é meu pai chegando! Eles são separados; te falei, né?

Ela balançou a cabeça afirmativamente. O homem alto e grisalho foi entrando rindo e falando com todos. Ao seu lado uma jovem ruiva, que aparentava a mesma idade do irmão de Daniel. E atrás uma criancinha com os cabelos ruivos também.

– E aquela ruiva ali é a nova mulher dele.

– Do seu pai?! – perguntou ela, já com raiva de si mesma por ter se delatado de novo. E, querendo consertar: – Que garotinha linda a filhinha deles! Tem o que, dois aninhos?

– Tem três. Mas não é filha do meu pai, não. Só da Marta. Ela é mãe solteira.

Júlia, cansada de dar foras, resolveu dar uma bela mordida no sanduíche e ficar quieta. E enquanto mastigava com a boca bem cheia, uma motocicleta a todo vapor entrou no jardim. Um coroa de bermuda tirou o capacete. Dona Dirce veio correndo, se jogou em seus braços e lhe deu um longo beijo na boca, enquanto ele a rodava no ar.

– E esse é o namorado da minha mãe.

– Ahã – fez Júlia, mastigando sem parar o que estava difícil de engolir.

– Minha família é meio... maluca, né? – disse ele, se desculpando.

Por fim ela havia engolido com dificuldade. Agora sentia a comida descer pelo esôfago. Levou o copo à boca. Achou melhor não responder à última pergunta.

– A sua parece ser bem diferente... – continuou ele. – Seus pais ainda são casados, né? Pelo que você disse, frequentam a igreja todo domingo.

– É. Eles são bastante religiosos. Sérios. Me educam ali, na barra da saia – e, brincando com o garfo na maionese, explicou: – Eles têm outra cabeça. São bem mais velhos que os seus pais – ainda cutucando e olhando a comida, acrescentou: – Imagine só, nunca vi meu pai dando um beijo na boca da minha mãe.

– É. Cada família com sua maluquice. Quero dizer... – e ia tentar emendar, quando ela começou a rir:

– Tá certo, cada família é maluca do seu jeito – conciliou, olhando ao redor. – Você também se surpreenderia com a minha. Meus pais nem conversam sobre certos assuntos comigo. Sobre namoro... nem pensar – e limpou novamente a boca com o dorso da mão. – Se eu falasse pro meu pai, por exemplo, que eu tenho um namorado, acho que ele morria.

– E você tem?! – perguntou ele, sobressaltado.

– Claro que não, né?!

– Ah...

Os dois terminaram de comer em silêncio. Depois se serviram de sobremesa. E então, satisfeitos, ficaram por um longo tempo aproveitando a sombra embaixo da árvore, curtindo o torpor da barriga cheia, assistindo às brincadeiras dos outros, enquanto o sol baixava devagarzinho, deixando o horizonte lambuzado de laranja com cor-de-rosa. Só mais tarde ela consultou seu relógio:

– Nossa, já são mais de cinco horas! Tenho de ir embora – e foi se levantando. – Disse em casa que chegava cedo.

– Fica mais um pouco – pediu ele.

– Não posso, Daniel. Se eu não chegar antes das seis, meu pai não me deixa sair no fim de semana que vem.

– Posso te acompanhar até sua casa, pelo menos?

– Não precisa, obrigada. É melhor meu pai não me ver sozinha com você. Eu disse que ia a um churrasco com todo o pessoal da classe...

– Eu vou só até um pedaço.

– Tá bem, então.

Ela se despediu de todos e, saindo da casa, os dois foram andando lado a lado pela calçada. Seus corpos de vez em quando esbarravam, de leve, um no outro, deixando ambos embaraçados. Num certo ponto ela disse:

– Até aqui está bom, Daniel. Se não alguém pode ver a gente – e acrescentou, sorrindo: – Obrigada pelo churrasco, foi bem divertido! Até... até segunda, então, na escola. Tchau.

– Júlia, eu... – e segurou a mão dela. – Eu... só queria dizer... – aquela mão era tão pequena, parecia tão frágil. – Dizer... tchau.

– Tchau – disse ela outra vez. Agora baixinho, a voz quase num sussurro.

Mas ele não lhe soltou a mão. E, aproximando-se devagarzinho, encostou seus lábios nos dela, fechando os olhos. Quando os abriu novamente, depois de um breve instante, ambos se olharam assustados. Ela com a surpresa do primeiro beijo, ele como quem verifica se trincou, pelo toque, uma peça fina de cristal.

– Tchau, então – conseguiu dizer ela, com o pouco de voz que lhe restara. E com a ponta dos dedos tocou a própria boca, como querendo se certificar de que o toque do beijo ainda ali estava. Se havia mesmo sido beijada. Enquanto sua outra mão foi escorregando por entre as dele.

– Tchau – repetiu ele, num suspiro.

E cada qual foi para um lado. Os dois, puro fogo.

A ferida

Pedro estava sentado na varanda da casa, em uma cadeira de balanço. Com a perna direita estendida sobre um banquinho, lia uma revista sobre motos, quando ouviu o barulho no portão:

– Posso ir chegando, Pedrão?

Ele olhou por cima da revista e fez um sinal com a cabeça.

– E aí, mano, como vai essa força? – disse o outro, dando dois tapinhas em seu ombro. Quando viu o furúnculo aberto na perna estendida, logo acima do joelho, sentiu um arrepio. – Nossa, tá feio, hein? Dói?

– Incomoda – respondeu Pedro.

O outro sentou-se na cadeira mais próxima.

– Mas, então, vim por causa do passeio ao sítio do Rubinho, amanhã. O pessoal está planejando sair cedinho, como a gente já tinha combinado. Você vem, né?

Pedro não respondeu. Continuou folheando a revista, agora sem interesse, ao acaso.

– Pô, cara, vai ser massa! Lembra aquela cachoeira? A gente pode se esbaldar de nadar com este tempo bonito. Ah, e é claro – emendou rápido, lembrando-se do estado do amigo –, tem também o riacho pra pescar. A gente pode pescar o dia todo! Você gosta tanto!

– Não vou, não – respondeu o outro finalmente. Largou a revista no colo e ofereceu um refresco. – Quer limonada?

– Aceito.

Enquanto Pedro alcançava a jarra, logo ali ao seu lado na mesinha, e despejava o suco no copo, o outro ficou com o olhar fixo na ferida exposta. Que lhe fez lembrar um vulcão. A base crescendo da carne, como uma montanha da terra. E pus e sangue querendo se libertar, lava em erupção. Sentiu pena, repulsa, nojo. Preferia que ele a tivesse encoberto, tampado, escondido. Mesmo sabendo que seria pior.

Pedro lhe estendeu o copo gelado, que ele pegou e levou à boca, tomando tudo sem respirar.

Uma mosca pousou no abscesso da perna. Como se não bastasse o sofrimento, ainda vinham esses insetos a lhe tirar o sossego. Com a revista Pedro a espantou. O outro recolocou o copo de volta à bandeja, sobre a mesinha. Depois de um tempo disse, procurando o olhar do amigo:

– A Valquíria vai.

Pedro continuou a abanar-se com a revista. Sem encará-lo. O outro levantou-se de supetão, deu dois passos até a mureta da varanda. Esticou um dos braços, se apoiando numa das colunas, sustentáculo da casa. E olhando para além do portão, continuou:

– Pô, Pedro, esta situação não pode continuar assim. Poxa, vocês namoram há dois anos. Tá certo, ela... nós... eu e ela pisamos na bola. Mas foi só uma ficada. Sem... sem grande importância. E você, cara, é o meu melhor amigo – disse, virando-se em sua direção. – A gente tem de resolver esta situação! De alguma maneira – Pedro continuava com a cabeça recostada na cadeira, balançando-se levemente, o quanto a perna imóvel lhe permitia. O olhar perdido no vento.

– Sei lá... – disse o outro, baixando o rosto e dando de cara com a úlcera tórpida –, talvez seja melhor mesmo... a gente dar um tempo – e respirou fundo. – Eu... eu vou indo, então. E... vê se... se cuida. Pra essa ferida sarar logo.

Pedro acompanhou-o com o olhar enquanto ele se dirigia ao portão, de cabeça baixa.

"Vai demorar", pensou. "Demorar para cicratizar." E, examinando o furúnculo de perto: "Talvez fique uma marca para sempre".

Alô

– Alô?

– ...

– Alô?

– ...

– Alô?!

– ...

– Tu, tu, tu, tu – desligaram.

– Ah, a voz dele é tão linda!

– Não acredito, Paola. Já que você liga, por que não fala alguma coisa? Puxe logo conversa com ele.

– Ele é um cara mais velho, Dani. Tem vinte e um anos. Até parece que vai dar papo pra uma pirralha como eu.

– E aí você fica ligando só para ouvir os “alôs” dele.

– Ele tem uma voz linda! Voz de homem. Ah, me derreto toda só de ouvir.

– Agora me conta como foi que você conseguiu o telefone dele.

– Ele trabalha no escritório da minha mãe. É estagiário lá. Se forma no ano que vem. Arquiteto. Não é um charme?

– E o que é que sua mãe acha disso, Paola?

– Não falei nada pra ela, né? Só que eu achei ele um gato. Outro dia, quando fui lá no escritório, a secretária me deu o telefone dele. Mas parece que ela achou que era coisa de criança. É uma senhora simpática que me adora. Mas, olha, vou te dizer uma coisa: tô mesmo apaixonada! Ele é tão fofo, Dani. Se veste todo arrumadinho, com camisa de homem. Um perfume tão bom. E o nome então, Gustavo, Gustavo...

– Credo, Paola, parece que você nunca viu um homem na vida!

– Ver, eu já vi muitos. Mas ficar que é bom, nada.

– E você ficaria com esse Gustavo?

– Agora! Já! Pra sempre! Ah, mas acho que ele não me vê como mulher, sabe?

– Com treze pra catorze anos é difícil, né?

– Também não é assim. A Leda, minha colega do curso de inglês, tem a nossa idade e namora com um de vinte e um.

– Mas ela já transa com ele?

– Não. Ainda é virgem.

– Bom, então o cara tem que gostar muito. Porque se ele quisesse tava com uma de vinte, transando adoidado.

– Isso não tem nada a ver. Meu primo, sabe, o Renato? Pois é, ele tem dezoito e ainda não transou. Diz que ainda está esperando a garota certa.

– Hum, aquele seu primo é um sonho de garoto. Pena que nunca me deu mole.

– Ah, Dani, mas o Gustavo... Ele é tão legal. Quando eu vou ao escritório, ele me enche de atenção. Puxa a cadeira pra eu sentar. Me oferece água. Me mostra os desenhos dele... Quando ele pega o lápis e faz algum esboço, eu quase desmaio. Ele tem as mãos mais lindas que eu já vi. Não muito grandes, com os dedos grossos. E os pelos castanhos dos braços, então? Ah, só de lembrar me arrepio toda. Olha.

– Nossa, Paola, o caso tá sério, hein? Fala com ele, menina! Diz alguma coisa!

– Ah, sei lá... Quem sabe uma hora crio coragem. Vou ligar de novo.

– Alô?

– ...

– Alô?

– ...

– Tu, tu, tu, tu...

É Carnaval

Ele pensava que eu não voltaria para o Carnaval. Duas semanas antes, quando fui embora, me despedi como se fosse para sempre. Ou pelo menos até as próximas férias, quem sabe.

O baile já havia começado há algum tempo. A banda tocava um axé de Carnaval animado. E a turma toda pulava e dançava num trenzinho, em meio a confetes e serpentinas. Imagine, então, qual foi a surpresa dele ao me ver entrando no salão do clube. Sorriu, acenou, pulou e assobiou do outro lado. E eu, só parada, olhando e rindo. Quando o trem deu a volta e ele passou por mim, não teve dúvida: me puxou pelo braço e me colocou à sua frente. Segurando no meu pescoço e brincando que iria me enforcar, sem parar de pular, berrou ao som ensurdecedor da música:

– Isabela, você não me disse que ia voltar!!!

Depois me deu um abraço apertado, por trás. Com uma mão na minha cintura e a outra segurando meu ombro, me beijou a nuca. Ele nunca tinha feito isso antes. Não assim na frente de todo mundo. Se eu não estivesse me segurando no cara da frente, acho que teria desmaiado e causado um acidente naquele trenzinho humano. De repente, todos pararam e deram meia-volta. Agora era eu quem segurava em sua cintura, sentindo sua camiseta molhada de suor. Num impulso, ele se virou para mim:

– Vamos sair daqui! – e foi me puxando pela mão. Eu, mole, zonza, só olhava para ele e ria. – Vamos tomar uma cerveja – e fomos em direção ao bar.

Pessoas passavam e me cumprimentavam. "Isabela, você por aqui?" "Isabela, você voltou?" Eu respondia acenando e sorrindo, mas não enxergava mais nada, não reconhecia ninguém naquela multidão. Com a latinha na mão, descemos as escadas e fomos para perto da piscina. Ele me levou a um canto vazio, escuro. Eu dei um gole na cerveja amarga. Ele deu outro. Ah, como era bom estar perto dele de novo. Ele então se abaixou, pondo a latinha no chão, e quando se levantou veio com as mãos em direção ao meu rosto. Senti seus dedos grandes segurarem minhas faces quentes. E ele fez com que eu desse dois passos para trás.

– Você está linda! – disse, olhando meu rosto na luz.

Eu queria dizer que havia me pintado para ele. Que a cor do batom nos meus lábios, que agora estavam sérios e trêmulos, era da cor de cereja madura, que ele tanto gostava. Queria dizer que, durante as duas últimas semanas, eu quase havia enlouquecido de tanto pensar nele. Eu queria perguntar se ele também tinha pensado em mim. E se ele ainda estava com a namorada dele.

"Desnecessário", pensei. Ele sabia sim que eu havia me arrumado para ele. E que eu quase havia enlouquecido nessas duas semanas. Do mesmo jeito que eu sabia que ele também havia pensado em mim. E, o pior, que ele ainda estava com ela. Fechei os olhos quando me lembrei da nossa briga:

– E por que você não termina com ela?!

– Já te falei. Você está aqui só de férias. Depois vai embora e sou eu que me ferro!

– Tá. Só que eu cansei de ser a outra! De ter de me contentar com os restos! Encheu o saco a gente só poder se ver depois das onze, quando a Cinderela já foi pra casa! O que você pensa que eu sou?!

– Você já sabia disso quando a gente começou a ficar, Isabela.

– É, mas agora chega! Chega!

E nessa fração de segundo, ainda com os olhos fechados, antes que desse tempo de eu me lembrar que depois da briga a gente tinha ficado de novo e de novo... senti seus lábios tocando os meus. E dei espaço para sua língua macia entrar na minha boca, como se seus beijos fossem só meus. Me arrepiei de tesão. Ele me abraçou forte.

– Que saudade, Isabela – sussurrou no meu ouvido. E eu o beijei de novo. Dane-se, é Carnaval.

Aprendendo com a vida

Tal dono, tal cão

Samanta era louca por cachorros. Seu avô tinha um buldogue que não desgrudava dele. E seus tios, Gaspar e Ana, tinham uma cadela fila divertidíssima. O buldogue se chamava Zorba e era a cara do avô dela. Taciturno, mal-humorado, mas surpreendentemente brincalhão.

A propósito, Samanta tinha uma teoria de que todos os cachorros se parecem muito com o dono. Não era à toa que Gu, a enorme cadela fila de seus tios, era moleca e brincalhona. Com aquele tamanhão todo, gostava de se sentar no sofá. E quando uma visita chegava e ocupava seu lugar predileto, Gu não fazia cerimônia. Ia com seu enorme focinho, cutucando as coxas e as nádegas da visita, que, intimidada por aqueles dentes afiados, mudava rapidinho de lugar. Tia Ana e tio Gaspar, que riam à beça depois que a visita ia embora, na hora se enchiam de vergonha:

– Gu, Gu! Gumercinda! Pare já com isso, sua cadela sem-vergonha!

Mas, com quem a conhecia, Gu era doce e fofa como açúcar de confeiteiro. Quando estava feliz, piscava seus olhinhos meigos de cão nada feroz e ia abanando seu longo rabo, que, parecendo um chicote, sem querer, derrubava todos os enfeites da casa.

Já o Zorba ficava sempre aos pés de seu dono, o avô de Samanta. Os dois com aquela cara enrugada e amassada, de olhos caídos, que expressavam uma mistura de tristeza com zombaria.

– Quem não conhece que te compre! Os dois pelo preço de um só! – dizia a avó de Samanta.

Pois era só a velhinha virar as costas e lá ia o avô, com seu fiel companheiro, assaltar a geladeira. Samanta lembrava às gargalhadas o domingo em que as duas chegaram da rua de mansinho e pegaram os dois em frente à geladeira aberta, cada qual com um pedaço de frango assado na boca.

– *Dio mio*! *Ma* o senhor com a pressão alta e se esbaldando em sal! E você, Zorba, que bela peste me saiu! E meu almoço de domingo?! A família toda já vai chegar e eu vou ter de me virar sem frango, *caspita*!

Foi por essas e outras que, quando Samanta pediu um cachorro para os pais, a resposta foi não, não e não! Mas para a desgraça deles, quando a menina ia fazer quinze anos, e eles todos orgulhosos já imaginando uma festa e ela num vestido pomposo, recebendo seus convidados... Ou será que ela iria preferir ganhar uma joia? Ou uma viagem ao exterior?

– Não, não e não! Eu quero um cachorro!

Cederam, já cansados de desperdiçar seus conselhos.

– Mas é você quem vai cuidar, ouviu?!

No dia seguinte, chegava à casa a criaturinha mais fofa do mundo. Parecia um ursinho em miniatura, todo branco e peludinho, que Samanta mimou, educou e amou como se fosse o próprio filho. Aos quatro meses ele já sabia sentar, deitar, ir e vir aos comandos da menina.

Quando queria carinho, Einstein, como foi chamado, deitava-se com as patinhas para o ar e fechava os olhinhos, enquanto

Samanta lhe massageava a barriguinha cor-de-rosa bebê. Depois, satisfeito, ele lhe dava duas lambidinhas e saía rebolando sua bundinha gordinha. Era também louco por uma brincadeira. E Samanta passava horas jogando uma bolinha de tênis, que ele buscava aos pulos e trazia de volta todo orgulhoso, já com a linguinha de fora, esperando mais. Era mesmo um amor de cãozinho.

Qual não foi, então, a surpresa de Samanta quando aos seis meses de idade Einstein começou a desobedecer. Roía o que via à sua frente. Ainda se sentava e deitava, mas desde que ela tivesse um biscoito na mão. Quando ela o chamava, se fazia de surdo, continuando a cheirar as coisas e a brincar com o que lhe interessasse.

Uma vez chegou até mesmo a dar um baile na menina. Após tê-lo soltado na rua e depois de berrar mais de dez vezes "Albert Einstein, volte já aqui!", ela ainda ficou correndo horas em círculos atrás dele. O cachorrinho parava à sua frente, olhava-a com seus olhinhos negros e brilhantes e corria de novo, parecendo rir-se dela, como as pessoas que haviam parado à sua volta para também rir do espetáculo do cãozinho fujão.

Quando finalmente Samanta conseguiu agarrá-lo e, brava, voltou para casa, contou indignada o episódio à sua mãe. Essa, com um sorriso no canto dos lábios, valeu-se da teoria que sempre aplicava à própria menina:

– É a puberdade, minha filha! Aos seis meses, os cachorros entram na adolescência. E como todos os adolescentes, parece que desaprendem tudo que a gente ensinou e só querem fazer aquilo que lhes dá na telha, fingindo-se de surdos aos nossos conselhos. É, você tinha razão, filha, quando falava que tal é o dono, tal é o cão.

E com afeto deu dois tapinhas na cabeça de Einstein, olhando para Samanta.

Que difícil!

Iara chegou à farmácia, ensaiou três vezes para entrar. Já lá dentro disfarçou na prateleira dos xampus, depois foi aos cremes.

– Posso ajudar?

Era um rapaz de avental branco atrás dela. Sentiu suas bochechas ficarem vermelhas. Por fim sua voz saiu, fininha:

– Não, obrigada. Só olhando...

O rapaz se afastou. Iara respirou fundo. "Não vou ter coragem, não vou ter coragem." Deu alguns passos, olhou os esmaltes. Passou para o outro corredor; ali estavam eles, aos montes, coloridos, vistosos, para todo mundo ver.

Ela não podia mais fugir. "Ai, meu Deus, que vergonha!" Sem tocá-los, no início, ia lendo as embalagem como quem não quer nada: "Fino", "Com abas", "Com gel", "Normal plus", "Cobertura suave", "Sempre seca". "Qual era mesmo o que a propaganda dizia que era bom? O que será que é normal plus? E abas, pra que servem as abas? Cobertura suave ou sempre seca? Fino, extrafino, ultrafino? Ai que confusão!"

Por fim pegou um. Queria sair logo dali. Mas assim que se virou com o pacote na mão, viu que no caixa estava sentado um homem. "Nem ferrando! Nem ferrando! Ainda bem que ele não me viu". Iara devolveu o pacote à gôndola e saiu na carreira. "Droga! Por que eles não contratam só mulheres para trabalhar nas farmácias?"

Andou até o supermercado, mais três quadras dali. Mas valeu a pena. Grande, espaçoso, ninguém por perto. Pôde escolher com mais calma. "Captam melhor o fluxo", "Extraproteção nos lados e nas pontas", "Suavidade no contato com a pele", "Deixa você confortável, seca e protegida". Uma mulher plantou-se ao seu lado com um carrinho cheio:

– Nossa! Que caro! – disse. Mas pegou um e atirou-o no carrinho.

O pacote misturou-se às outras compras, dando uma ideia a Iara, que saiu dali e voltou com uma cesta cheia de coisas. Chocolate em pó, leite condensado, açúcar, miojo... Assim ninguém iria perceber. Fez como a mulher: pegou um pacotinho e o colocou no meio das outras coisas. Foi para a fila do caixa com a cara mais normal possível. Ali as caixas eram todas mulheres. Que alívio!

De repente um voz conhecida:

– Iara, você por aqui?

– Tio Juca?!

Iara passou rapidamente a cestinha para a outra mão, escondendo-a atrás de seu corpo. "Ai, era só o que me faltava. Justo o tio Juca! Se ele vê isso, é capaz de ir correndo contar pra minha mãe: 'encontrei a Iarinha comprando absorventes no supermercado'. Minha mãe vai dar um pulo, 'Oh, minha filha ficou mocinha!'. Capaz de querer colocar anúncio no jornal. A família inteira vai ficar sabendo. Minha nossa, e se chega a notícia até a escola, aos ouvidos das minhas amigas? E os meninos da classe então!"

– Vim pegar uma carninha pro almoço. Sua tia está lá em casa me esperando.

– Eu também, vim comprar... umas besteirinhas.

– Vamos que eu te deixo na sua casa.

– Não! Quer dizer, não precisa, obrigada. Aliás, acabei de me lembrar que me esqueci de pegar uma coisa. Que cabeça! Tchau, tio, bom almoço.

A menina sumiu pelos corredores do supermercado. Só voltou quando teve certeza de que o tio já tinha ido embora. Por fim passou suas mercadorias. Quando a caixa registrou o pacote de absorvente, Iara corou mais uma vez e, sem que ninguém lhe tivesse perguntado, explicou:

– Minha mãe pediu pra eu comprar pra ela.

Ajeitou tudo às pressas num saquinho e se foi.

Parece que foi ontem

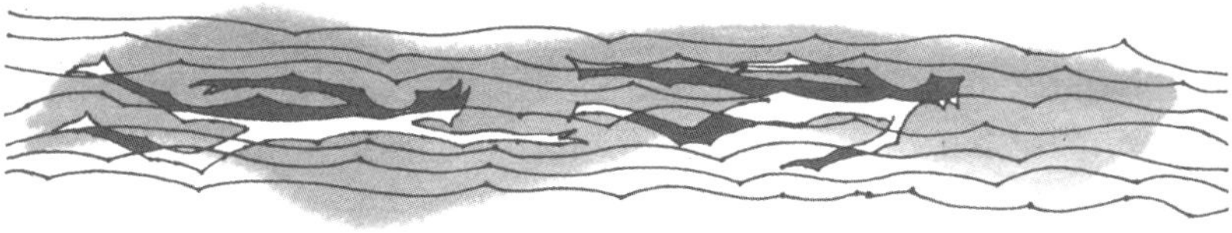

Era um sábado como outro qualquer. Eu e Cláudio fomos para a beira do rio, na saída da cidade. Ainda moleques gostávamos de nadar, apostando corrida, e depois descansar nas pedras, curtindo o sol. Mas naquele dia havia mais alguém lá.

– Olha quem está lá do outro lado, Thiago. Não é a Jussara, aquela garota, empregada dos Silveiras? – perguntou Cláudio.

– É, sim – respondi emburrado, achando que ela pudesse atrapalhar nossa brincadeira. E sentei-me na grama e comecei a desamarrar o tênis.

– Olha só o que eu roubei da despensa do meu pai! – disse Cláudio, tirando uma garrafa de vinho da mochila.

Levei um susto. Claro que eu já tinha bebido algumas vezes. Mas nunca assim, de manhã, à beira do rio... E se o pai do Cláudio desse pela falta do vinho? E aquela menina ali...?

– Larga de ser cagão, Thiago. Vou chamar a garota pra beber com a gente. Você não acha uma boa?

E antes que eu pudesse dizer qualquer coisa ele já estava abrindo a garrafa e a chamando para perto da gente.

– Ei, você, vem pra cá! – só então ela se deu conta de que estávamos ali. – Você não é a Jussara? Eu sou o Cláudio, lembra de mim? Chega aqui.

Me perguntei quando os dois haviam se conhecido, enquanto ela atravessava o riacho, de biquíni, com a água pela cintura.

– *Cês vieram nadá aqui, é?*

– A gente sempre vem. Quer um pouco de vinho? – e Cláudio foi lhe estendendo a garrafa.

Bebemos os três. Eu, mudo, querendo mais é que ela fosse embora dali e deixasse o riozinho como sempre, só nosso. Mas os dois conversavam e riam muito. Não demorou muito já estávamos bêbados. Cláudio foi nadar com Jussara e logo começaram a se agarrar. Fiquei mal ao ver a cena. A menina não era nada bonita. Tinha a pele maltratada, cheia de marcas. Seus traços eram grosseiros, os cabelos pareciam sujos, usava um biquíni velho, todo esgarçado. Parecia que ela nem falava nossa língua. Fiquei com raiva do Cláudio. A menina ali, com aquela expressão no rosto que eu não conseguia decifrar. Estaria gostando ou não? Os olhos abertos, não assustados, mas conformados.

Cláudio tirou-lhe a parte de cima do biquíni e eu pude ver os seios dela. Depois tirou a de baixo, deitou a garota na beira do rio, abaixou seu calção e transou com ela ali mesmo. Senti vontade de vomitar. Enjoado, desviei meus olhos, abaixei a cabeça e fiquei olhando a água gelada cobrindo meus pés.

– Sua vez, Thiago – disse Cláudio, sorrindo para mim.

E eu, como um fantoche, me levantei, ainda zonzo, caminhei até a menina e fiz o mesmo. Mas lembro que fechei bem os olhos, para não ver os dela.

Mais tarde, quando ela já havia ido embora e nós dois estávamos sozinhos deitados nas pedras, já curados da bebedeira, mas com uma ressaca daquelas, perguntei ao Cláudio se era justo termos feito aquilo.

– Ah, todo mundo faz isso com a Jussara. Já passou nas mãos dos Silveiras e pela metade dos caras da cidade. Por que sentir culpa?

Me senti pior ainda, mas não falei nada.

Depois desse episódio, nunca mais voltei àquele rio. Anos mais tarde, deixei a cidade para estudar fora. De vez em quando volto, para visitar parentes. Então a vejo, pelas ruas, num supermercado ou na praça. Jussara. Agora está mais velha, ainda mais maltratada. E sempre com aquela expressão indecifrável nos olhos. Eu baixo os meus de vergonha. E faço uma prece em pensamento, por um mundo menos injusto.

Só uma vezinha

As duas estavam sentadas sobre a canga estendida na areia. Samara distraía as mãos cavoucando o chão, enquanto Ágata olhava as ondas do mar, que iam e vinham. A praia estava quase vazia, e o sol, fraco.

– Nem tive coragem de contar para minha mãe – disse Samara.

– Eu também ainda nem falei nada lá em casa.

– Tô com pena da Lu. Que reviravolta na vida dela. Nem acabamos o colegial.

– Sei lá... Mas acho que eu, se fosse ela, dava um jeito.

– Que jeito, Ágata? Agora é muito tarde.

– Você sabe do que eu estou falando.

– Aborto? Você tá louca? Isso é proibido! Aqui no Brasil, né?

– De qualquer jeito, todo mundo faz.

– E tem gente que por causa disso morre, ou fica com sequelas pro resto da vida.

– É por isso que eu acho que deveria ser legalizado. Pra ser feito com segurança e não acontecer esse tipo de coisa.

– Eu sou contra. Acho até um crime. E acho que a Lu jamais faria isso.

– Eu, na verdade, não estou dizendo que sou a favor. Não sei também se eu faria, se acontecesse comigo. Acho que isso só dá pra decidir quando é na própria carne. Mas acho que deveria ser legalizado. Quem achar que deve fazer, faz; quem achar que não, não faz. Crime pra mim é colocar uma criança no mundo sem ter condições. Ou porque é muito nova, ou porque ainda não é o momento, ou porque não pode criar, ou porque já tem filhos demais...

– Acho que nessas coisas têm é que pensar antes, né?

Ágata deu um suspiro. Olhou o mar, por fim disse:

– Vou dar um mergulho. Quer vir?

– Não, vou ficar.

A água gelou seus pés. Um misto de prazer, dor e ansiedade. Que foi subindo pelo tornozelo até os joelhos. O corpo todo se arrepiou. Melhor mergulhar de uma vez. Entrou de cabeça. Por segundos o silêncio de dentro d'água foi reconfortante. Quando voltou à tona para respirar, sentiu o corpo todo formigar, meio dormente. Prazer, dor, frio. Voltou para a areia, pingando.

– Tá boa? – perguntou Samara.

– Fria. Mas boa.

Ágata pegou um pente e começou a pentear os cabelos. Torceu-os tirando a água. Limpou o pente, retirando os fios de cabelo que ali haviam se enroscado. Depois de um tempo perguntou:

– Você sempre pensou antes, Samara?

– Pensou no quê?

– Nisso que a gente estava conversando.

– Só uma vezinha que não. Na minha primeira vez. Foi tudo tão rápido... Quer dizer, a gente já estava namorando há um tempo. Mas eu não achava que já ia rolar. Eu nunca tinha ido ao ginecologista, ainda não tomava pílula, não tinha nenhuma camisinha à mão...

– Só uma vezinha, só um pouquinho... Isso é tão forte na cabeça da gente, né? E parece que funciona tão bem. Até que, bum, acontece uma dessas.

– Mas a Lu vai se dar bem, ela gosta de crianças...

– *Péra* aí, né, Samara. Uma coisa é gostar de crianças, outra coisa é ser mãe na nossa idade! Depois que o neném nascer, como é que ela vai fazer pra continuar estudando, e pra sair à noite? Pegar um barzinho, sair pra dançar, ou vir passar o fim de semana sozinha com as amigas na praia? Cara, eu acho isso foda.

– Os pais dela vão ajudar. Vão dar uma força.

– E a situação da criança com o pai, então? A família resolveu que eles ainda são muito novos pra casar. Também concordo. Mas se são novos pra casar, pra colocar uma criança no mundo, tudo bem?

– Depois que o bebê nascer e ela pegar aquela coisinha fofa no colo, acho que fica tudo bem, sim.

– Só que a coisinha fofa faz cocô, fica doente, chora sem explicar por quê. Fora a grana com roupa, fralda, remédio, médico...

– Credo, Ágata, também não faz um drama. São coisas normais da vida.

– Normais se vierem no tempo certo.

– E quem é que sabe qual é o tempo certo?

– Acho que no mínimo a pessoa tem de desejar ser mãe. Planejar.

– Tá falando isso por causa da sua?

Ágata não respondeu. Abraçou os joelhos, lambendo duas gotas d'água que ali tinham ficado. Guardou o gosto salgado na boca.

– Aliás, você nunca fala muito disso com a gente.

– Não tem o que falar. Ela era muito nova. Ficou grávida sem querer. Casou com meu pai, que era seis anos mais velho. Eu nasci, e depois de um ano eles se separaram. Ela resolveu voltar a estudar, trabalhar, queria também sair, se divertir, namorar. Me deixava com minha avó ou com a empregada. Meu pai me pegava nos fins de semana. Quando eu estava com cinco anos, ele se casou de novo e me levou para morar com ele, porque achava que minha mãe não dava conta. E desde então tenho duas mães. Minha mãe mesmo, que eu pouco vejo, e a mãe dos meus irmãos, que acabou sendo minha também.

– Tá vendo? Tudo se resolveu.

– Resolveu. Mas ficaram marcas. Muitas vezes invejo meus irmãos, que nasceram desejados, "na hora certa", não por um descuido do "só uma vezinha, não vai acontecer nada..."

– É... É complicado. E você já caiu nessa?

– Claro. E cada vez mais acho que todo mundo na nossa idade cai. Dá até raiva: eu tinha tudo pra não cair, e bum.

– Foi com aquele seu namorado?

– Pior que não. Quando estava com ele, sempre nos cuidamos. Foi quando ele terminou comigo. Eu saí com uma turma grande. Você e a Lu também estavam. Foi num feriado em que viemos pra cá. Conheci o cara no bar, tava meio bêbada, pra baixo. A gente veio dar uma andada na praia pra ver as estrelas e acabamos transando aqui mesmo. Sem camisinha. Era pra eu ficar menstruada em dois ou três dias e fiquei. Mas peguei uma DST. Tive de tomar e passar remédio. E dei graças a Deus por não ter sido algo pior. Mas, até sair o resultado do exame de HIV, foi foda.

– Nossa, Ágata, que barra! Por que você não contou pra gente?

– E adiantava alguma coisa?

– A gente podia ter te dado apoio.

– Sei lá. Acho que me senti tão imbecil... Tinha tudo pra não cair nessa. Exemplo na família, educação sexual na escola, meus pais sempre falaram abertamente sobre o assunto...

– É. Parece que tem coisas que a gente só aprende errando.

– Só que o preço pode ser muito alto.

– Tomara que a Lu consiga segurar a barra direito.

– Tomara.

Desarmamento

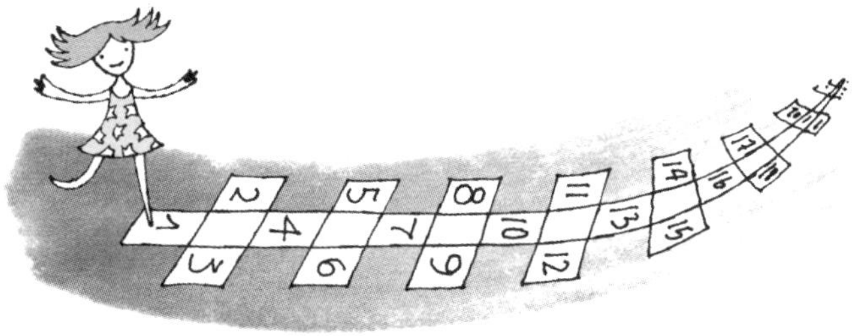

Nossa rua era sem saída. Na minha época de menina, podíamos jogar queimada e ter a rua toda só para a gente. Riscar com giz uma amarelinha no asfalto e pular a tarde toda. Brincar de esconde-esconde e ter a proteção das árvores na calçada.

Os carros, quando entravam, vinham devagar, tomando cuidado com as crianças, que ficavam soltas pra lá e pra cá. E olha que vinha criança da vizinhança toda. Era uma barulheira divertida e saudável. Mesmo depois que passei pro colegial e, abarrotada de lição, não me sobrava mais tempo de ficar na rua, eu gostava de ver a folia da nova geração aproveitando tão livremente aquele refúgio do mundo. A violência e os perigos da cidade pareciam ficar de fora.

Qual, então, não foi minha surpresa o dia em que, chegando da escola, peguei meu sobrinho de quatro anos com um revólver de brinquedo na mão. "Paf, paf, paf!" Ele atirava nos coleguinhas, que saíam correndo e rindo.

Entrei em casa, larguei meus livros na sala e fui atrás de minha irmã.

– Silvana, onde você está?!

– Aqui, no quarto – ela estava se trocando para ir trabalhar.

– Silvana, o Juninho tá com um revólver na mão!

– Eu sei. É de espoleta. O pai dele deu de presente.

– Mas, Silvana, você sempre disse que era contra criança brincar com armas!

– Eu sei, mas agora o que eu posso fazer? O guri foi lá passar o final de semana com o pai e voltou com o revólver na mão, todo feliz. O que é que você quer que eu faça? – dizia ela, apressada, se atrapalhando toda com as próprias roupas.

– Poxa, Silvana, quando o Juninho ainda era bebê, eu me lembro de você dizendo que seu filho nunca ia brincar com armas. E que, se todo mundo parasse de dar esses brinquedos que incitam a violência para as crianças, o mundo seria muito melhor.

– Tá, minha irmã, só que eu estou atrasada pro trabalho. E além disso estou preocupada em pagar minhas contas. Este mês aquele idiota do pai dele não depositou de novo a grana da escola. Parece que não tá nem aí pra educação do próprio filho.

– Esse negócio de brincar com armas também era uma questão de educação, você dizia.

– Tá, menina, só que o tempo passou, eu fiquei mais velha, e a minha disposição para salvar a humanidade sumiu. Isso era papo de adolescente! Quando a gente começa a viver a vida de verdade, e entra nesse mar de pessoas e de coisas erradas e é empurrada pra cá e pra lá... tem uma hora que cansa, sabe? – disse, diminuindo o próprio ritmo. – E aí você acaba se deixando levar pela maré. Respira quando pode e se dá por satisfeita se não morrer afogada – sentou-se na cama, exausta. – O idealismo, minha irmã, só funciona mesmo na sua idade.

– Mas, Silvana...

– Tchau, tô atrasada! Tenho de ir pro trabalho – disse, se levantando novamente. – Vá lá você, e tente tirar a arma dele, se conseguir.

Acompanhei minha irmã até o portão e com os olhos a segui até o final da rua, com seus passos largos e apressados de quem não tem mais tempo a perder. Olhei para o outro lado e no fundo da rua estava meu sobrinho, correndo na calçada com seus coleguinhas e a arma na mão.

Cheguei perto dele. Assim que me viu, apontou a arma para mim:

– *Mãosausalto!*

– Que é isso, Juninho? Sou eu, a tia!

– Eu sei. *Mãosausalto*! Olha que eu atiro.

– Que coisa feia, menino. A gente não aponta uma arma assim pros outros!

– Mas é de brinquedo! Ó só, tia. – Paf, paf, paf, fez o barulho da espoleta. – Matei você, tia! Matei!

– Me dá essa arma aqui, moleque!

– Não! Meu pai me deu! – e escondeu o revólver atrás de si. Fazendo bico.

– Venha aqui, vamos conversar.

– Então você não tira *di mim* – e abriu seu meigo sorriso de dentes de leite. Capaz de desarmar qualquer um. Chegou mais perto e me mostrou o revólver, todo orgulhoso. – Olha, que legal – aquele gesto ingênuo de quem segura um troféu fez meu discurso todo ir pelo bueiro. Sentei-me na calçada. Agora era eu quem estava exausta. Não sabia mais o que dizer. Seu coleguinha passou correndo.

– *Bora brincá*, Juninho!

Ele saiu correndo atrás.

O que significava atirar, matar ou morrer numa cabecinha de quatro anos? Fiquei olhando aquelas mãozinhas inocentes segurando a arma. Uma coisa tão pequena, capaz de tirar a vida de alguém em um segundo. Quem foi capaz de inventar isso? E quem foi o infeliz que o transformou em brinquedo?

Seu Pacheco, o velho vizinho da frente, atravessou a rua em minha direção.

– Essa criançada de hoje tá fogo, né? – disse. Pelo jeito, ele havia presenciado a cena toda.

– É.

– Se afobe, não. Ele ainda é muito pequeno pra entender. Daqui a pouco esquece e parte pra outro brinquedo – e sentou-se ao meu lado.

– Tomara. Bem, eu tenho de ir estudar. Tenho prova amanhã. Tchau, seu Pacheco.

– Tchau, filha.

Entrei em casa e mergulhei nos livros. Algumas horas depois, ouço minha mãe chamando, da cozinha:

– Filha, chama lá o Juninho. Tá na hora de tomar banho.

Fui lá para fora. E qual não foi minha surpresa quando vi seu Pacheco ainda sentado na calçada, mas agora rodeado por todas as crianças da rua. Me aproximei. Ele contava uma história. Com a mesma voz rouca e mansa que eu tanto conhecia. Pois também já havia me sentado ali muitas vezes, com minha turma, ao redor dele. Ah, velhinho esperto. Isso sim que é disposição para salvar a humanidade. E o revólver? Estava ali, esquecido num canto.

No seu caminho

A menina voltava da escola. Cadernos e livros na mão. Cansada das aulas e do trajeto do ônibus, estava louca para chegar logo em casa. Mas ainda tinha de andar um bom pedaço pelas ruas do bairro.

– Oi, menina bonita! – disse o homem jovem e alto, encostado no muro. E se ele não fosse tão feio e mal-encarado, ela poderia ter tomado aquilo como um elogio. Ignorou e continuou seu caminho. Achou estranho, um tempo depois, quando ouviu passos atrás de si na rua deserta. Achou melhor andar um pouco mais rápido. Os passos atrás dela se apressaram também. A menina se assustou, quis olhar para trás, ver quem era. Mas o medo a impediu. Andou mais e mais rápido. Os passos também. Ela já se mostrava ofegante, seu coração quase pulando do peito, estava a ponto de correr. Mas para onde? Sua casa ainda estava longe. E se gritasse? Não havia ninguém por ali para lhe prestar socorro.

– Vai aonde com tanta pressa? – disse a mesma voz.

A menina sentiu o corpo todo gelar. Suas mãos estavam suando, um grande nó tomou conta de sua garganta. Parou.

Os passos também. Ela respirou fundo e se virou. A visão daquele homem asqueroso a fez estremecer. A barba por fazer, o sorriso malicioso nos lábios. Ela abraçou apertado os livros contra o peito.

– Não quer conversar comigo, bonitinha?

– Me deixa em paz! – respondeu, ríspida.

– Olha só, é bonitinha e arisca! – disse ele, estendendo a mão para lhe tocar o rosto. Ela se esquivou. – Que é isso? Com medo de mim? Não vou te fazer mal... – e com a outra mão segurou-a pelos cabelos. Aproximou seu rosto do dela. A menina sentiu-se petrificar. – Que cheirosinha – sussurrou ao seu ouvido. E o contato da barba áspera na sua pele e o rastro molhado da língua em sua orelha a encheram de nojo.

– Me solta! – berrou, e lhe deu um empurrão, dando em seguida alguns passos para trás. Com medo de sair correndo e ele a alcançar, continuou parada, encarando-o. Pensando no que fazer. O que fazer?! Ele se limitou a soltar uma gargalhada.

– Só queria brincar um pouquinho com você...

– Se chegar mais perto, eu grito!

– Gritar pra quem, meu bem? – ele riu de novo. E foi se aproximando.

A menina saiu em disparada. E no momento em que ele a agarrava pela blusa, ela havia alcançado a campainha de uma casa. Grudou sua mão nela, enquanto o barulho invadia a rua calma. O homem a largou. Agora era ele quem estava assustado. E ficou atônito, na esperança de que não aparecesse ninguém. Mas, do portão, viu uma janela se abrir. Saiu correndo.

– O que é?! – perguntou a mulher, da janela.

– É... – gaguejou a menina, enquanto via o homem sumir na esquina. – Nada não. Desculpa... Toquei na casa errada.

E foi saindo em direção à sua, olhando para todos os lados. Quando se certificou de que ele havia desaparecido mesmo, apressou o passo. O tempo todo com medo de que ele aparecesse do nada à sua frente. Talvez devesse ter pedido ajuda à mulher... E se ele a seguisse e descobrisse onde morava?

Chegou em casa sem fôlego. Entrou, trancou o portão, a porta, passou pela sala e foi direto para o quarto.

– Filha, é você? – ouviu a mãe perguntar da cozinha. Não respondeu. Correu para o banheiro, arrancou a roupa e se meteu embaixo do chuveiro, se esfregando toda. Chorando de raiva, medo, vergonha. Sentindo o cheiro e o toque daquele estranho. Ouvindo a voz dele, que parecia não sair de sua cabeça.

Passou o dia deitada. Não quis almoçar nem jantar. A mãe foi ver o que ela tinha, saber se estava doente.

– Não é nada, só uma indisposição. Amanhã tô melhor. Me deixa dormir.

De noite ligou para uma amiga. E, sem contar o que tinha acontecido, só pediu se poderiam ir juntas para a aula no dia seguinte. A outra, que morava um pouco mais adiante, cedo passou em sua casa. E no caminho perguntou o que tinha acontecido, por que ela parecia tão assustada. Ouviu toda a história.

– Você devia ter contado pra sua mãe, pro seu pai! Ou devia ter entrado na casa onde você tocou a campainha e chamado a polícia!

– Fiquei com vergonha.

– Vergonha de quê, menina?! Você não fez nada de errado! O cara que é um tarado, louco, perseguindo adolescentes à luz do dia!

– Você acha que ele pode voltar?

– Sei lá... Provavelmente nem mora por aqui. Mas, por via das dúvidas, hoje depois da aula vamos mudar de caminho e pedir pro meu primo vir com a gente até em casa. Ele não vai achar ruim, não mora tão longe daqui.

E assim voltaram os três juntos. E continuaram indo e voltando juntos o resto do ano. O homem nunca mais apareceu. Para alívio da menina. Mas também nunca chegou a desaparecer, por completo, de sua lembrança.

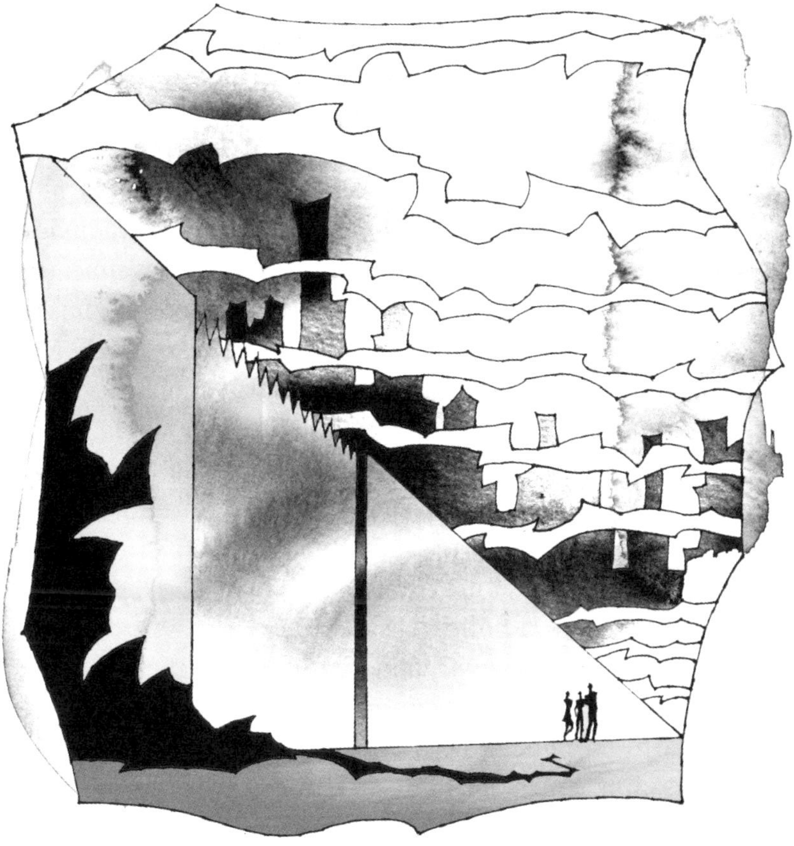

Em vão

Meia-noite. Embaixo das cobertas, já quase embalando num merecido sono profundo, ouço um barulho de sirene invadindo a noite. "O que será isso?", me pergunto, sonada. "Provavelmente o alarme de um dos carros da rua. Daqui a pouco desliga", imagino. Espero. Cubro a cabeça e tento ignorar o som infernal. Mas ele continua, "UÉ, UÉ, UÉ, UÉ", por dez, quinze minutos.

Aí perco totalmente o sono. Levanto, olho pela janela. Nada. Então penso que não pode estar vindo de um carro, o som é muito alto. "Deve ser de uma das casas." E do alto do meu prédio procuro sinal pelas redondezas. Nada, só a sirene, "UÉ, UÉ, UÉ", rasgando a noite, gritando por socorro.

Resolvo ligar para a polícia. Disco 190 e uma voz do outro lado me diz que vão mandar uma viatura para saber o que está acontecendo. Passam mais dez, quinze minutos. Enfim chega o carro da polícia. Dois policiais saem do automóvel e observam, com o uso de lanternas, a casa da frente, toda fechada e escura. É de lá que vem o barulho. Mais duas viaturas chegam. Os policiais se cumprimentam e olham para a casa. Por dez, quinze minutos e vão embora.

Ligo para o mesmo telefone e explico a situação:

– A sirene continua tocando e os policiais simplesmente foram embora – reclamo.

– Nesse caso, minha senhora, a polícia não pode fazer nada. Só o dono da casa é que pode desligar o alarme. E a casa, pelo jeito, está vazia.

– E esse barulhão vai ficar a noite inteira?!

– Isso não é problema da polícia.

– Ah, não?! E quem é que defende nossos direitos de cidadão?

– Minha senhora, a polícia existe para combater o crime!

– E por acaso isso não é um crime? Uma sirene no mais alto volume, deixando toda a vizinhança acordada na madrugada?

– A polícia não pode fazer nada! – rebate a atendente, irritada.

Desligo o telefone inconformada. No meu edifício, janelas e portas dos outros apartamentos se abrem. Passos no andar de cima, reclamações vindas de todos os lados. Pelo jeito ninguém mais dorme. Ligo para a portaria e pergunto ao zelador se isso já aconteceu antes, se ele tem o telefone daquela casa, se sabe o que fazer para acabar com tamanha barulheira. A resposta é não, não e não.

E o barulho continua, “UÉ, UÉ, UÉ”, passando pelas frestas, atravessando paredes. “Alguém tem de fazer alguma coisa. São quase duas da manhã!”

Tento o corpo de bombeiros, disco 193. Explico a situação.

– Não podemos fazer nada – responde o bombeiro de plantão.

– Mas quem é que pode, meu Deus?! Não é assunto de polícia, não é assunto de bombeiro; é assunto de quem, então?!

– Se a causa fosse um acidente, ou fogo em algum lugar, nós ajudaríamos. Mas sirene... Tente falar amanhã com o proprietário.

– Amanhã?! Mas e hoje? A vizinhança precisa dormir. Amanhã temos todos que trabalhar! Vão deixar o alarme tocando a noite toda?

– Não é problema nosso.

– Ah, é? Queria ver se fosse na orelha do senhor!

– Olha, se fosse comigo, eu invadiria essa casa e quebraria tudo!

Depois desse conselho, desisto. Digo um muito obrigada bem cínico e desligo o telefone. Fecho todas as portas e janelas. Vou ao banheiro, pego algodão e tapo os ouvidos. Deito em minha cama e cubro a cabeça. Mas continuo a escutar a súplica ecoando pela noite: "UÉ, UÉ, UÉ, UÉ". Tão parecida com a minha, inconformada, desesperada, ignorada. Em vão.

Nem tudo é como parece ser

Como vejo

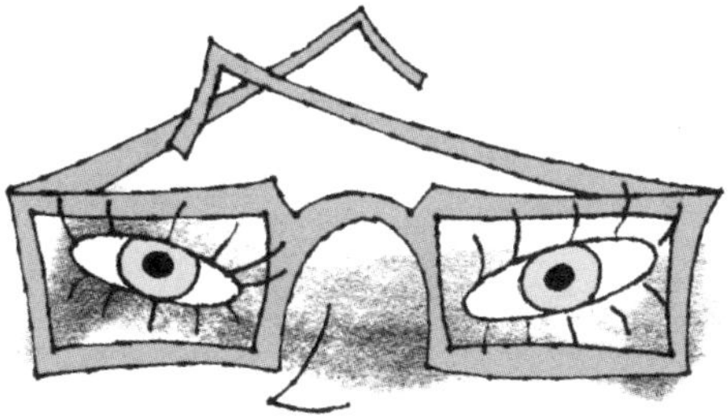

Chego à escola. Uma sensação ruim invade todo o meu corpo, como uma neblina acinzentada encobrindo o ar. Parada na porta da sala de aula, não consigo entrar. Parece que uma força maior segura meus pés ao chão. Não posso me mover. Olho então para baixo e percebo o pior: Estou só de meias! Esqueci de colocar os sapatos! Como pude? Como pude vir para a escola sem sapatos?! Sinto meus pés descalços tocando o solo, sem nenhuma proteção. Meus amigos irão rir, os professores se zangar... Mas é tarde, tarde para voltar. O que fazer? Quero me esconder, sumir, desaparecer!

Acordo. Ainda deitada em minha cama, olhos pesados, tento me concentrar nas coisas concretas do quarto, lençol, cama, armário, como se elas me puxassem de volta para a realidade. Agora sim começa o dia.

Visto-me e amarro meus tênis bem apertado. Felicidade que dura pouco, pois logo me lembro deles, dos óculos. Pego-os sobre a escrivaninha. Coloco-os no meu rosto e me olho no espelho. Horrível! Nada adiantou experimentar mais de cem. Não nasci para usar óculos! Nenhum me cai bem. Meus colegas vão rir, os professores estranhar. E isso agora não é sonho.

Guardo-os no estojo. Melhor adiar até o último minuto. E vou para a escola pensando no azar de ter descoberto que tenho miopia e astigmatismo. Não muitos graus, mas o suficiente para não enxergar o contorno dos objetos um pouco mais distantes, o rosto das pessoas na televisão, ou meus próprios colegas ao longe. E ainda por cima a dor de cabeça. Que me pega na testa, por trás das sobrancelhas, e sorrateira se espalha por todo o crânio. "Óculos!", disse o doutor, diante daquelas letrinhas quase invisíveis na parede.

Na classe ainda vazia, sento-me no fundo, quase escondida. No quadro-negro, a lição do dia anterior que se esqueceram de apagar. E que eu, ontem, mesmo espremendo bem os olhos, mal pude ler. Abro a caixinha. O maldito está de repouso. Descruzo suas perninhas de garça e encaixo-as sobre minhas orelhas, repousando as lentes sobre meu nariz. E de repente... Nossa! As palavras, as letras, até os pontos da lousa se iluminam! A névoa que os encobria se foi. Bem claro posso ler. Me viro para a janela. Não é possível, as árvores lá fora estão mais vivas! Enxergo até as pequenas flores, as folhas, cada fiapo de grama! Inacreditável! Levanto os óculos do meu nariz e o jardim todo volta a parecer uma pintura de Van Gogh. Cubro meus olhos novamente com as lentes. Sim, esse é que é o jardim, e o mundo, verdadeiro.

– Oi, Bruna. Você de óculos?! – diz surpresa a colega que acaba de chegar.

Mas não me importa mais como as pessoas me veem de óculos. E sim como vejo através deles.

O anel e a sandália

A feirinha *hippie* estava lotada, sensação da cidade naquele fim de semana. Já na terceira barraca Flavinha viu o anel. Apaixonou-se. A pedra rosa fosco envolvida pelo detalhe em prata. Pediu para experimentá-lo. E não é que serviu certinho em seu dedo? Lindo! Perguntou o preço. Teria de usar toda a grana da mesada e catar até as últimas moedas do bolso. Mas valeria a pena. Era mesmo um anel especial. Pagou-o e voltou para casa namorando sua nova aquisição.

Segunda-feira na escola, Kátia, sua melhor amiga, logo o notou:

– Flavinha, que anel é esse? Que cafona!

Flávia olhou para o dedo. Em um segundo o anel transformara-se numa coisa horrenda. Sentiu raiva de si mesma. Como pôde ter comprado tal peça?

– É feio mesmo, né? Achei numa gaveta lá em casa. Tava só experimentando e acho que me esqueci de tirar.

– Esconde isso, menina! – disse Kátia, rindo.

– Ahã – concordou Flavinha. E, com um sorriso triste, guardou-o no bolso.

Passados alguns dias, Kátia chega à escola com uma sandália nova. Seis centímetros de plataforma em cortiça, com tiras cor de laranja que insistiam em desnudar o vão de seus dedos. Como se estivessem prontos, os dez juntinhos, a pular para fora.

– Linda, não é? – foi dizendo Kátia, toda orgulhosa.

Flavinha engoliu a seco. Horrível, pensou. Mas para que estragar a felicidade da amiga?

– É... Legal – disse, sem empolgação.

– Legal nada. É o máximo! Última moda. Comprei ontem. Você tá é com inveja – insistiu Kátia, em tom de brincadeira, levantando os pés. – Fala aí, é ma-ra-vi-lho-sa!

– Tá bom, vai – cedeu Flavinha, admirando o sorriso da outra. – É bonita!

E nesse instante se arrependeu de ter escondido o anel de pedra fosca no fundo da última das suas gavetas.

Coisa de moleque

Diana estava na sala de aula, sozinha. Era a hora do intervalo e todos estavam lá embaixo, no pátio.

– Buuu!

– Ah! – deu um berro. – Que é isso, menino, quer me matar do coração?

Pablo gargalhava, se gabando do susto que tinha provocado.

– Sai fora, Pablo! Tenho de terminar isto.

– Hum, não fez a lição de casa, hein? Que feio! – Ele foi rodeando Diana, chegou em seu ouvido por trás e sussurrou: – Merece uma punição! – Puxou o sutiã da menina, por cima da blusa, e o soltou, fazendo com que estalasse em suas costas. Paf!

– Ai! Para, seu idiota. Que saco!

– Ui, ui, ui, meus peitinhos estão crescendo! – disse ele rindo, rebolando e segurando em seu próprio tórax dois seios imaginários.

Diana corou. Mas ao mesmo tempo se levantou da cadeira.

– Olha aqui, seu moleque, para de me encher senão te meto a mão na cara!

– "Ai, que meda!" – retrucou ele, agora imitando um passarinho a voar pela sala.

Ela sentou-se de novo, pegou a caneta e voltou a escrever. Num salto, Pablo chegou junto e se debruçou em seu caderno.

– Você vai à minha festa, amanhã?

Ela o encarou, pela primeira vez assim tão de perto. Sentindo que tremia toda por dentro, apenas deu de ombros:

– Não sei.

– E se eu pedir pra você vir? – ele perguntou, chegando mais perto.

Ela não se mexeu nem respondeu.

– E se eu... – Pablo lhe tacou um beijo, que, no susto, pegou desajeitadamente na bochecha, quase tocando o canto dos lábios.

– Imbecil! Eu te odeio! Te odeio! Sai daqui! – gritou ela, se levantando.

– Desculpa – pediu ele, sem graça.

Diana o olhou desconfiada; ela nunca sabia se ele dizia a verdade ou apenas zombava.

– Desculpa, vai. Você vem à minha festa?

– Não!

– Você é a convidada mais importante pra mim – falou ele, sério, quase triste.

– Para de zoar comigo, Pablo. Eu te conheço muito bem.

– Tô falando sério, Diana.

– Engraçadinho. Você nunca fala sério.

Ele foi chegando mais perto. Ela deu um passo para trás.

– Calma, eu não vou fazer nada – E estendeu a mão devagar, passando a ponta dos dedos no rosto dela. Diana sentiu a face queimar. Ele foi chegando mais perto e mais perto, seus corpos quase se tocando. Ela sentiu os pelos do seu corpo se arrepiarem, como os de uma gata em alerta. Ele encostou os lábios de mansinho em sua orelha e pediu, baixinho:

– Me dá um beijo?

Nesse instante, a porta da sala se abriu e o resto da turma entrou em algazarra, voltando do recreio. Pablo deu um pulo e correu pela sala, rindo e mexendo com os outros colegas, como se ela não mais existisse. Como se nada tivesse se passado. Com as pernas moles, Diana sentou-se.

Durante o resto do dia não mais se falaram, nem sequer se olharam. "Ele estava mesmo só tirando uma com a minha cara", pensou Diana. Mas quando chegou em casa, encontrou o bilhete em sua mochila:

Diana,
Desculpe as brincadeiras.
Por favor, venha à minha festa.
Sem você, não vai ter graça.
Pablo

(Sobre o beijo, a gente conversa amanhã, se você quiser.)

Entre irmãs

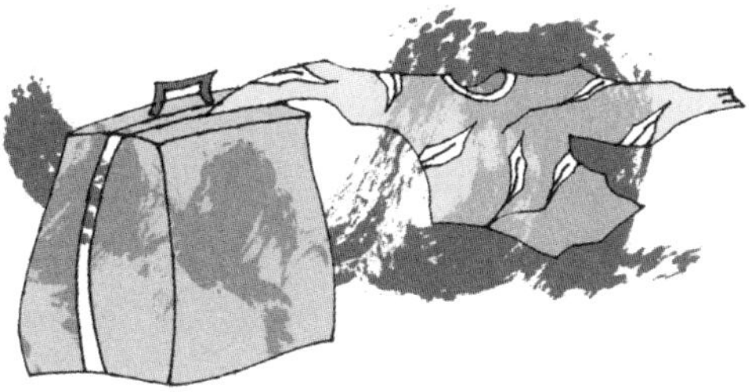

O resultado do vestibular saiu. Maria Augusta havia passado. Toda feliz, fazia uma arrumação no armário. Maria Antônia, deitada na cama, observava.

– Hum, acho que vou dar este casaco também, não uso mesmo. E esta blusa. Esta calça... Não, esta ainda não, esta eu vou levar.

– Quando você vai arrumar as malas, hein, Maria Augusta?

– Amanhã. Esta malha também vou dar. Quer ficar com ela, Maria Antônia?

– Não.

– Hum, você gostava tanto, vivia pedindo emprestada.

– É, e você nunca queria emprestar!

– Agora eu tô dando. Vai querer ou não?

– Eu não, essas velharias suas. Aliás, pode ir limpando bem esse armário, viu?, porque eu quero espaço! A mãe mandou você liberar tudo pra mim.

– Tudo não, engraçadinha, estas coisas ficam aqui. Ou você acha que eu não vou deixar nada pra quando eu voltar nos fins de semana?

– Ah é? Não foi você que disse que não via a hora de ir embora, morar numa república, em outra cidade, que não aguentava mais ficar aqui, que até nos fins de semana ia querer ficar lá em Campinas, que a toda hora ia ter festa? Desinfeta então, menina! Ah, não vejo a hora de este quarto ser só meu! E pode ir tirando essas bugigangas aí da estante também!

– Isso fica, Maria Antônia!

– Ah, "o museu Maria Augusta". Nada disso, pode ir tirando. Esses porta-retratos, esse porta-incenso, esse porta--lápis...

– Olha quem fala! E essa sua coleção de bichos de pelúcia? Já tá bem grandinha para brincar com isso, não acha?

– O quarto agora vai ser só meu, eu faço dele o que quiser!

– Quer saber de uma coisa? Eu vou arrumar minha mala agora! E se você quiser, engole o quarto inteiro!

Maria Augusta saiu e voltou com uma mala enorme. Com raiva, ia ajeitando tudo lá dentro. A outra continuou deitada. Depois de uns minutos de silêncio:

– Você vai pra lá no sábado?

– É. O pai vai me levar. E acho que a mãe também vai. Da primeira vez, ela só conheceu o *campus* da Unicamp. Agora ela quer ver direito o apê em que a gente vai morar. E conhecer as outras meninas.

– Você vai dividir o quarto com a Virgínia, aquela sua amiga?

– Ahã.

Maria Augusta colocou mais uma camiseta na mala, e mais um par de sapatos e um de tênis. Começou a pegar as coisas da estante. O porta-lápis, o porta-incenso, os porta-retratos.

– Não, esse azul você pode deixar.

– Qual?

– Esse que tem você montada no cavalo.

– Mas esta foto é minha.

– É, mas pode deixar aqui. Se você quiser – deu de ombros.

– Tá bem.

Maria Augusta recolocou o porta-retrato na estante. E pegou outros, com fotos dos amigos, dos primos e dos pais. E mais um com uma foto da irmã.

– Ah, não, este aqui é seu. Desculpa – e ia recolocando-o na estante.

– Pode levar. Quer dizer, se você quiser. Tô com cara de pato nessa foto. Mas você disse que gostava dela...

– Obrigada.

A mala estava pronta. Maria Augusta a fechou e a carregou para o corredor. Depois pegou uma sacola e foi colocando as roupas que ia dar.

– A malha... Essa malha aí.

– Esta?

– É. Pode deixar aqui.

– Mas você disse que não queria.

– Mas pode deixar. E, olha, se você quiser, pode levar essa jaqueta jeans.

– Mas é sua jaqueta preferida, Maria Antônia.

– E você sempre queria emprestada. Leva, leva pra você.

– Tá, valeu.

Maria Augusta levou a sacola para fora.

– Pronto, o quarto agora é só seu!

– Tá vazio, né? – disse Maria Antônia, com um sorriso triste.

– Por que você também não vem no sábado, pra conhecer o apê? Tem de ir aprendendo, daqui a alguns anos se você também for morar fora...

– Você volta num fim de semana desses?

– Volto. Claro que volto.

Fora de lugar

Nadine abriu o livro de Geografia. Uma barata morta estava ali dentro. Um cadáver seco, repugnante, mas não o bastante para assustá-la. Ainda assim, ouviu a risadinha dos meninos sentados mais próximos. Até algumas meninas pareciam participar. Nadine sacudiu o livro, deixando o inseto cair no chão. Virou-se para eles e disse:

– Não tenho medo de baratas – dando graças a Deus por não ter sido uma lagartixa. E percebeu satisfeita o desapontamento deles.

Realmente ninguém gostava dela. E Nadine parecia pouco se importar. Desde que tivera de deixar a escola na qual estudara a vida toda, no final do ano anterior, pouco se importava com o que pudesse acontecer dali para a frente.

Nunca encontraria amigos como aqueles de tantos anos, pensava. Até que no início tentou se enturmar. Mas era muito normal para a turma das "avançadinhas", e muito rebelde para a turma das "certinhas estudiosas". Os meninos a perseguiam desde o primeiro dia. Gracinhas, piadinhas, provocações.

Na aula de Educação Física, quando a classe se dividia em dois times de vôlei feminino, ficava sempre no meio. Era a pior do time das melhores e a melhor do time das piores. E parecia mesmo não agradar a ninguém. Na quadra, ou levava chamada das meninas a cada vez que perdia uma bola, ou ela mesma se irritava com as outras que pareciam nunca pegar nada.

Com os professores não tinha problema. Apesar de sentir falta dos da sua antiga escola, aproveitava as aulas e ia bem no geral em todas as matérias, chegando a arrancar elogios de alguns. Na hora do intervalo, muitas vezes nem ia para o pátio. Ficava sentada sozinha na sala de aula, a remexer em seus cadernos e livros. Ou então comprava na cantina um salgado e ia comê-lo em algum canto, vendo a folia dos alunos pequenos.

Lá pelo meio do ano soltaram uma bomba no banheiro. Foi o maior fuzuê no colégio. Nadine assistia a tudo meio desinteressada. Entre um sermão e outro que os professores vinham dar na classe, ficava na sua carteira, segurando o queixo com as mãos, os olhos baixos, lendo algum livro disfarçadamente. Pois achava mais interessante qualquer outra história do que esse papo furado de bomba para chamar atenção.

Quando por fim vieram coordenadora e diretora com ameaças aterrorizantes para toda a classe, certas de que os culpados vinham dali, alguém acabou dedurando os infratores, que levaram suspensão por três dias. A partir de então, sua situação piorou: as meninas viravam a cara quando ela passava, e os meninos cochichavam e a apontavam.

Uns dias depois, na hora de formar grupos para um trabalho de História, a coisa explodiu. Até então, Nadine nunca tivera dificuldade para se juntar com mais dois ou três alunos, pois fazia sua parte direito e não perturbava ninguém. Mas naquele dia ficou rodando pela classe e ouvindo recusas:

– Aqui não tem lugar para você, Nadine.

– Nosso grupo já está completo!

– É melhor você procurar outro.

Até que uma das meninas resolveu falar:

– Tá todo mundo puto com você, Nadine. Por que é que você tinha de dedurar os meninos?

– Dedurar o quê?

– A bomba. Todo mundo tá sabendo que foi você quem dedurou eles!

– Mas eu nem sabia quem tinha sido. Nem vi quando estouraram essa droga.

– Ah, mas tão achando que foi você.

– Só que não foi não!

– Então é melhor você se explicar com o pessoal.

– Eu não tenho nada que explicar – disse, com desprezo, e saiu da sala.

Foi para o pátio, a essa hora vazio. Passou pela cantina fechada. Foi até a quadra e sentou-se no último canto. Amaldiçoando a hora que teve de se mudar para um bairro tão longe e, consequentemente, de escola. Só não se matava, cortava os pulsos ou se jogava de uma janela porque os pais estavam todos felizes com a compra da primeira casa própria. Adquirida com anos de sacrifício. Se tivesse uma irmã ou um irmão, pelo menos... E estava tão imersa em seus amargos pensamentos que nem viu quando o garoto chegou.

– Oi – ele disse e foi se sentando ao seu lado. Nadine mudou de posição incomodada. Queria mesmo era ficar sozinha. Sabia quem ele era só de vista; estava três séries abaixo da sua, embora tivessem quase a mesma idade. – Cabulando aula também? – ele perguntou.

– Hum – fez ela, não querendo dar assunto pra conversa.

– Eu também não gosto desta escola – disse ele.

Nadine teve vontade de responder "eu disse alguma coisa por acaso?". Mas limitou-se a olhar para o outro lado.

– Você também chegou este ano, né? É a terceira escola que eu mudo. E se eu bombar outra vez, é bem capaz de me mudarem de novo. Mas não tô nem aí. Não gosto mesmo de estudar. Acho toda essa coisa um pé no saco! Não vejo a hora de o meu pai perder as esperanças e me botar pra trabalhar.

Nadine soltou uma risada. Pelo jeito, ele estava numa situação pior que a dela.

– Ah, você tá rindo? Porque não sabe o que é ficar numa classe cheia de pivetes.

– Quem mandou repetir tanto de ano?

– Hum, você é das "cdf", é?

– Antes fosse.

– Tô fora desses idiotas, que passam o dia fechados no quarto, estudando. Aí se formam e não sabem nada da vida. Não sabem nem pregar um parafuso. Tem gente assim na minha família.

– Parafuso não se prega, se aperta.

Agora foi ele quem riu.

– Meu avô é que fala assim. Não estudou muito, mas construiu um império do nada. E os "frufru" da família, metidos a ser *doutor*, que viviam com os livros debaixo do braço, hoje trabalham pra ele.

– Eu acho normal estudar.

– Então tá fazendo o que aqui, cabulando aula? – ela deu de ombros. – Tava pensando no que quando eu cheguei?

– Tava pensando... O que mesmo? Tanta coisa. Ah, tava pensando que eu queria ter uma irmã ou um irmão.

– Pois eu vivo querendo que os meus desapareçam!

E então riram juntos.

E Nadine sentiu um calor no peito. Uma coisa confortável. Até então, ali naquela escola, nunca tinha rido assim, junto com alguém. Um riso gostoso, despreocupado.

O sinal tocou, anunciando o começo da próxima aula.

– Você vai entrar? – ela perguntou.

– Não. Vamos ficar aqui. A gente fica conversando.

– Vou voltar. Quem sabe outro dia a gente conversa.

– Tá, bom. Amanhã. Te espero aqui na hora do recreio. Porque já vi que você não vai ficar querendo matar aula, mesmo.

– Tá bom. Até amanhã.

Quando Nadine voltou para sua classe, nem percebeu que trazia um sorriso nos lábios. Assim que se sentou em sua carteira, uma turma a rodeou.

– Olha, Nadine, a gente precisa passar essa história a limpo. Se não foi você que dedurou, quem é que foi?!

– Sei lá. E nem me interessa saber – disse, abrindo o caderno de Matemática. – Tenho coisas mais importantes pra pensar.

Nadine abaixou a cabeça e prendeu os olhos nos números, que não via. E seus colegas foram saindo de fininho, com cara de besta. O sorriso voltou de mansinho aos seus lábios. O professor entrou e começou a aula, mas ela só conseguia se concentrar no calor gostoso que ainda sentia em seu peito.

A reunião

Caco foi o último a chegar à reunião. Ele sabia que, ao entrar na casa de Thaísa, todas as atenções se voltariam para ele. Enrolou o mais que pôde. Já no portão, deu meia-volta. Voltou de novo. Ajeitou o boné, respirou fundo e só então entrou.

O pessoal estava todo espalhado pela sala, na maior folga, aproveitando que os pais dela não estavam. Assim que o viram, foi um coro só:

– Caaaaaaco!!!

– Oi, pessoal! – cumprimentou ele, todo malandro e já se atirando no sofá.

– Oi nada. Pode começar a contar aí tudo que rolou ontem à noite! – cobrou Rômulo.

– É, espertinho! Não pense que vai sair de fininho – insistiu Plínio.

– Conta! Conta! Conta! – berraram as meninas.

– Tá bom, fiquei com a mina. Rolou, rolou tudo!

– Nossa, Caco, você também não perdoa nada. E aí? Era gostosa? – perguntou Plínio.

– Deu pro gasto.

– Olha o respeito! – gritou Susana. – É só isso que vocês veem numa garota?

– Ah, não vem não, Susana, "a ingênua" – cortou Plínio. – A menina lá com aquele shortinho enfiado na bunda, se rebolando pra cá e pra lá. E só de olho no Caco. O que você queria?

– Ela não passa de uma galinha! – disse Rômulo.

– Galinha, mas bem que o Caco ficou com ela.

– Ué, ela quis dar pra ele. Só não pega quem for trouxa, Thaísa.

– Ah é, Rômulo? Engraçado... Justo você, que terminou com a Gisela porque ela era "muito fácil".

– Não enche! Deixa o Caco contar o lance dele.

Caco ajeitou o boné com a aba para trás. Respirou fundo e começou a contar os detalhes. E enquanto ele contava os olhos dos meninos brilhavam. Que sortudo era o Caco! Parecia que já tinha nascido cheio de músculos. Alto, moreno, cabelinho bonito... Um tipão! E aquele charme todo? Com ele não tinha essa de escapar mulher. Os meninos desconfiavam de Thaísa e até da Susana-ingênua. Elas negavam veementemente. Mas que suspiravam por ele, suspiravam, as danadinhas.

– E aí, quando ela disse que queria, com aquele jeitinho... já implorando... – prosseguia ele, centro das atenções, com sua centésima aula de sexo avançado, o que sempre fazia a turma babar. – Aí eu... eu... Hum-hum! – limpou a garganta, e ficou ali parado no meio da sala, como se tivesse se transformado numa estátua de sal.

– Aí o que, Caco? Desembucha!

– Aí... aí... Aí que nada, droga! É tudo mentira, eu não transei com ela – berrou desesperado. A turma toda ficou pasmada.

Tinha endoidado, o menino? Ou será que tinha se apaixonado?

– Eu não transei com ela! Eu não transei com ninguém! Nunca! Nunca na minha vida, droga! Eu sou um bosta de um virgem!

– O quê?!

– *Péra* aí! Como assim?

– Virgem! Virgem! Virgem!

– Há, há, há! – Thaísa caiu na gargalhada.

– Quer dizer que durante este ano todo você curtiu com a cara da gente?

– Cala a boca! Você também nunca transou com ninguém!

– Cala a boca, você, Rômulo, que largou da Dani porque ficou com medo na hora H.

– Ih, gente, vamos parar! – socorreu Thaísa. – O cara é virgem, a gente também é virgem. Todo mundo aqui é virgem! Qual o drama?

– O drama é que ele era nosso ídolo. O "experiência" da turma. Vivia dando aula pra gente – reclamou Plínio.

– E quem foi que disse que nesta idade a gente já tem de estar transando? – contestou Rômulo.

– É isso aí! – concordou Thaísa. – E viva nós, os virgens! Há, há, há!

– Puxa, gente, valeu – disse Caco, cabisbaixo. – Ainda bem que vocês entenderam.

– E sem mais mentiras, hein, gente.

– É isso aí, pessoal!

Susana, que até agora não havia aberto a boca, resolveu se manifestar:

– Ih, olha, é... então... eu preciso contar uma coisa...

– Hum, pronto. Desembucha, menina!

– Eu... eu... eu não sou mais virgem.

– O quê?!

– É, eu já transei... Com o Cris, lembram? A gente namorou no ano passado...

– Susana, "a ingênua"?!

– A metida a santa?!

– É, não dá mesmo pra confiar em ninguém...

Meu mundo caiu

Dona Alba era uma viúva alinhada, de uns 65 anos, cabelos branquinhos e olhos verdes desbotados. Era a mãe de uma amiga de minha mãe, a Soraya. E como essas duas não se desgrudavam, muitas vezes eu ia arrastada a seus programas. E de nada adiantavam minhas súplicas.

– Você vem, Graziela! Não vou te deixar sozinha aqui em casa. Se quiser, traga um livro, ou fique lá assistindo televisão.

Soraya, como minha mãe, era divorciada, mas não tinha filhos. Morava com a mãe e um maldito gato velho e fedorento que, assim que chegávamos lá, se enroscava em nossas pernas implorando carinho e soltando pelos, que grudavam especialmente em minha roupa. Dona Alba era uma simpatia, mas vivia em seu próprio mundo. Não era de bater muito papo e não atrapalhava ninguém. Assim que chegávamos à sua casa, ia para seu quarto, enquanto minha mãe e Soraya fofocavam na sala, tomando vinho. Para mim sobrava o escritório, onde ficava a TV e aquele gato me enchendo a paciência.

A mãe e a filha tinham um sítio. E em alguns fins de semana íamos para lá. Aí dona Alba se soltava. Gostava de colocar velhos discos na vitrola, convidava o casal do sítio vizinho, um senhor e sua esposa, muito distintos, que lá moravam há alguns anos. Às vezes também vinham outros velhos casais. E de vez em quando Soraya e minha mãe traziam seus amigos ou namorados. E todos dançavam felizes ao som de músicas antigas.

Não posso dizer que eu gostasse desses fins de semana, rodeada de adultos e velhos, e sempre aquele gato impertinente aos meus pés. Mas às vezes me divertia num canto da sala à meia-luz, ao som da música nostálgica, apreciando os velhinhos aos pares, se embalando pra lá e pra cá. Seu Horácio, o vizinho do sítio, muito gentil, passava a noite revezando uma dança com sua esposa, outra com dona Alba. Os três eram muito amigos, e eu achava bonita aquela amizade de tantos anos. Certa vez comentei com minha mãe:

– É tão fofo ver esses três velhinhos juntos. Eles são tão unidos.

– É – respondeu ela, com um sorriso malicioso nos lábios.

– Que foi? Qual a graça, mãe?

– Dona Alba e seu Horácio? Eles são amantes, né, filha? E há anos.

– O quê?! Mas e a mulher dele? Ela é tão amiga da dona Alba!

– Ah, ela não sabe. Ou finge que não sabe – disse minha mãe, dando de ombros.

Nesse instante meu mundo caiu. Aos treze anos descobri que o mundo não era sempre o que parecia ser. Que por trás da superfície romântica e perfeita da vida, podia haver algo bem mais embaixo.

– Ora, Graziela, não faça essa cara. Ou você acha que só os jovens é que têm direito de se apaixonar, se divertir, transar? Ou, quem sabe, fazer coisas escondidas... Ah, não seja tão careta, minha filha. É bom você ir se acostumando. Afinal, esta vida é mesmo cheia de surpresas. Às vezes, escabrosas.

Minha mãe me fez jurar que eu nunca abriria a boca. Em troca, ela passou a me liberar dos seus programas para que eu fizesse os meus, ou ficasse sozinha em casa. O que era muito melhor. Levou muitos dias até que eu me acostumasse com aquela história. Mas, de qualquer jeito, depois disso, eu nunca mais voltaria a ver o mundo do mesmo jeito.

O paciente do quarto ao lado

Sarah estava livre. Acabara seus exames de rotina. Olhou o relógio, ainda daria tempo de fazer uma visita ao pessoal do sexto andar. Foi caminhando em direção ao elevador. Os corredores do hospital particular, como sempre, lhe lembraram um hotel cinco estrelas: sofisticado, limpo, impessoal. Só mesmo passando meses internada ali dentro para poder enxergar as outras dimensões. Como alguém que aprecia um quadrado e só depois se dá conta de que se tratava mesmo era de um cubo.

O elevador, também como o de um hotel, fazia "plim" avisando que chegara. Sarah entrou com mais duas pessoas. Uma delas saiu com pressa e ar apreensivo no andar seguinte; a outra, meio perdida, com ares de distraída, no quinto. E quando o elevador chegou ao sexto, Sarah sabia bem o caminho que iria percorrer. Primeiro o *hall*, todo em janelas de vidro. Vazio. Somente o sol fazia sua visita matinal, deixando um quadrado de luz, refletido no chão, à esquerda. Ou seria um cubo no ar? Ela virou à direita, saindo no corredor dos apartamentos. Logo avistou Lia, a enfermeira-chefe, concentrada em seus relatórios. Foi se aproximando devagar, até que a outra a notasse:

– Sarah, que surpresa! – as duas se abraçaram. – Ah, que saudades, menina! – Lia olhou novamente para ela. Dessa vez com as mãos em volta de seu rosto, emoldurando seu sorriso. Sarah sentiu o toque de seus dedos finos e delicados. Aquele toque tão familiar. – Como você está bonita! Já engordou bem, que bom!

– Viu só? Estou com cara de gente de novo! – e as duas riram.

– E como é que vai a vida? Já tem uns três meses que você saiu daqui, né?

– Quatro, quatro meses... Tá tudo bem. Aos poucos vai voltando tudo ao normal. Estou fazendo hidroterapia, no semestre que vem volto a estudar... E você? Tá tudo bem por aqui? E as outras enfermeiras, as tias da limpeza?

– Tudo ótimo.

– E o Mariano?

– Ah, ele está bem. Agora ele está ali no quarto do japonesinho. Quando ele te vir aqui, vai ficar tão feliz!

– O japonesinho ainda está aí? – Sarah se lembrou do paciente do quarto ao lado, seu vizinho enquanto estivera ali internada. Nunca o havia visto. Sabia de sua existência pelos comentários dos enfermeiros. Pelo som do entra e sai das visitas. Pelo enfeite, sempre o mesmo, pendurado na porta fechada, que ela via, quando caminhava pelo corredor. Um quadrinho redondo, branco, com uma casinha em ponto de cruz no centro. Nas longas noites e nos dias entediantes, Sarah tinha vontade de entrar em seu quarto, sem pedir licença, e sentar ao seu lado para poderem juntos conversar e reclamar de uma coisa que, naquele andar, os dois entendiam muito bem: morar em um hospital.

O que ela não imaginava é que ele ainda estaria ali depois de tanto tempo.

– Nossa, ele nunca mais vai embora?

– Ele mora aqui, Sarah, já faz bastante tempo. Desde que sofreu um acidente de carro.

E de repente a palavra "morar" havia tomado outra dimensão. Prisão.

– Mas tem sempre alguém da família aqui com ele. Às vezes, eles dão até umas festinhas. Você não se lembra do movimento todo quando ainda estava aqui? Opa, olha lá quem está saindo do quarto, o Mariano. Venha, vamos fazer uma surpresa.

Lia segurou na mão de Sarah e a levou para perto do enfermeiro. Ele, um negro, alto e magro, arrumava alguns remédios no carrinho.

– Mariano, olha quem veio nos fazer uma surpresa!

– Sarah, quanto tempo! – e ele abriu o enorme sorriso, de que ela tanto gostava

– Que saudade, Mariano!

"Saudade... E quais as dimensões dessa palavra?", pensou Sarah, enquanto o cumprimentava. Sim, de certo modo, ela tinha saudade do hospital.

Lia se afastou para atender ao telefone. A menina e o enfermeiro continuaram a conversar:

– Puxa, bem que o doutor Gustavo falou que você estava uma gata! Continua fazendo o tratamento direitinho?

– Continuo. E ele disse que em um ano chegam novos remédios. Agora já se pode ter mais esperança.

– Ele tem comentado. Vai ser muito bom para quem tem esse problema.

Sarah riu. Sempre lhe parecia engraçado ele ter tanta experiência, tratá-la tão bem, com tanto carinho, mas nunca conseguir dizer o nome da doença.

– E a sua família, Mariano, está tudo bem?

– Está. Minha filhinha já está dando os primeiros passinhos. Você precisa ver. Acho que tenho uma foto aqui – e enquanto ele tirava a carteira do bolso, por cima de seu ombro, Sarah viu o enfeite na porta fechada. O quadrinho branco, redondo, com a casinha no centro. – Olha só que princesinha!

Sarah olhou a foto.

– Nossa! Como ela está linda. Parabéns!

– Parabéns pra você também, né? Lembra quando eu vinha te aplicar soro, remédio? Às vezes você estava tão fraquinha, não queria comer... Agora está aí, forte, saudável...

– É, eu sarei – afirmou, olhando de novo para a porta. – E o japonesinho?

Mariano fechou a carteira e guardou-a de volta no bolso.

– Ele está bem. Continua aqui com a gente.

– Mas ele nunca sai do quarto?

– Sai. Ele tem uma cadeira de rodas especial. A gente leva ele pra dar umas voltinhas no corredor.

– Ele fala? Se comunica?

– Não, Sarah, ele não fala. Mas às vezes, enquanto dou banho nele na cama, eu chego perto do seu ouvido e conto uma piada, ou digo alguma besteira. Ele então ri sem parar. É bem novinho, tem mais ou menos a sua idade, uns dezesseis, dezessete anos.

Lia voltou para perto deles.

– E seus pais, Sarah, como estão?

– Bem, Lia, obrigada.

– Você tem ido ao doutor Gustavo?

– Tenho. Agora mesmo vim fazer os exames de rotina que ele me pediu. Ele acha que eu estou respondendo bem ao tratamento.

– Que bom.

– Bem, gente, eu já vou indo, que eu não quero atrapalhar. Só passei mesmo para dar um beijo em vocês.

– Volte sempre, tá, querida? E continue se cuidando direitinho – os três se despediram.

Sarah andou de volta pelo corredor. Antes, porém, deu ainda mais uma olhada no enfeite pendurado na porta. Chegando ao *hall*, chamou o elevador e esperou. A luz do sol continuava entrando pela última janela do canto. Um quadrado no chão, um cubo no ar, que não se podia pegar. Como o elevador demorava, ela deu uma olhada pela janela. A cidade imensa parecia um mistério, vista ali do hospital. Tão distante...

Olhou para baixo e se lembrou de uma cena que vira, da janela de seu quarto, quando ainda estava internada ali. Um homem de uns quarenta anos, trajando um terno, na entrada do hospital, segurava outro terno em seu braço, e um par de sapatos na outra mão. Chorava desolado, andando de um lado para outro sem saber para onde ir, olhando inconformado aquelas roupas e sapatos agora vazios.

E o vazio? Como seria o vazio visto por outra dimensão? Como seria o vazio, visto de dentro do vazio? Seria menos doloroso que olhar para o par de sapatos vazios e chorar? Estar no vazio e não enxergar o vazio...

O mundo, de repente, lhe pareceu muito cheio. Cheio demais de prédios, de carros, de pessoas. Pessoas tão cheias de dor, de angústia, de sofrimento.

O elevador fez o "plim", avisando que chegara. Sarah se virou e viu a porta se abrir. Estava vazio. Não teve forças para se mover. Seus pés estavam presos ao chão. A porta se fechou, o elevador partiu e ela não fora. Perdera sua chance. Virou-se novamente para a janela e pensou o quanto era diferente olhar a cidade de dentro do hospital, e olhar o hospital, por fora, de dentro da cidade. E mais, olhar o hospital de dentro do hospital. O quadrado, o cubo e o que mais houvesse dentro desse cubo.

No corredor, ouviu passos leves. Virou-se.

Uma oriental vinha empurrando uma cadeira de rodas especial. E ela andava tão lentamente que pareceu a Sarah uma cena em câmara lenta. Na cadeira reclinada, um japonesinho sorria. Com a suavidade e delicadeza do som de uma caixinha de música, a mulher se inclinava, encostando seu rosto no do garoto. E sussurrava em seu ouvido, fazendo-o sorrir ainda mais. Um sorriso livre e descontrolado, como o resto de seu corpo. E quando as rodas da cadeira foram alcançando de mansinho o quadrado de sol estampado no chão, a luz foi subindo com cuidado pelas pernas do garoto. Quando finalmente atingiu-o por inteiro, alcançando seus

Suplemento de leitura

editora ática

Enquanto estamos crescendo

Valéria Piassa Polizzi

Como pensam, vivem e se relacionam os adolescentes no mundo atual? A partir dessa obra de uma jovem autora que, como ela mesma afirma, ainda traz a adolescência dentro de si, chegou a hora de você descobrir um pouco mais sobre isso e refletir sobre o que leu.

A. Retrato íntimo

1. Em suas crônicas, Valéria Polizzi focaliza vários aspectos do cotidiano. Abaixo, relacionamos alguns dos temas abordados pela autora. Na segunda coluna, estão os títulos de vários textos. Relacione-os.

1 - Sexualidade	( )	"Bela adormecida a seu lado" e "Alô"
2 - Valorização das atitudes humanas	( )	"Sonho de menino" e "Só uma vezinha"
3 - Relação entre pais e filhos	( )	"Desarmamento" e "O paciente do quarto ao lado"
4 - A descoberta do amor	( )	"A espera" e "Sobre valores e justiça"
5 - Situações inusitadas	( )	"Meu mundo caiu" e "Churrasco em família"

2. Finalizado esse breve exercício de memória, não é difícil perceber que por trás da aparente simplicidade das histórias lidas o que se propõe é o retrato íntimo do ser humano, sobretudo do adolescente, suas intenções, atitudes e emoções.

Nome .... Ano ....

Escola ....

a. As crônicas que você leu mostram diferentes atitudes de personagens em variadas situações. Relacione essas atitudes com os personagens.

- ( ) Sai com a turma, conhece um rapaz num bar e, bêbada, transa sem camisinha.
- ( ) Não conseguindo enfrentar a realidade, foge de bicicleta, sem rumo certo.
- ( ) Assume que toda a sua fama de garanhão é mentira e que, na verdade, ainda é virgem.
- ( ) Envergonha-se por estar apaixonado e, ainda por cima, por uma garota da oitava série.
- ( ) Mesmo sentindo muita raiva de si mesma, submete-se à opinião e aos caprichos da amiga.

1 - Eugênio, após ouvir a notícia da morte do pai do seu melhor amigo.

2 - Ágata, arrasada por ter sido dispensada pelo namorado.

3 - Estudante do ensino médio, sentado no ônibus ao lado de sua amada, que dorme.

4 - Caco, em meio aos amigos que ouvem, babando, o relato de suas experiências sexuais.

5 - Flavinha, ao ter seu novo anel ridicularizado por Kátia, que pede a ela elogios à sua nova sandália.

b. Escolha uma das atitudes dos personagens acima e faça um comentário, concordando ou não com ela.

....

....

....

....

....

B. As ilusões da aparência

3. Já advertia um antigo dito popular: "As aparências enganam". É o que acontece, por exemplo, em "Meu mundo caiu". Por trás de toda a sua discrição e reserva, dona Alba, uma viúva de 65 anos, esconde um caso amoroso de anos: é amante do marido de uma de suas melhores amigas.

c. "E nesse instante se arrependeu de ter escondido o **anel de pedra fosca** no fundo da última das suas gavetas."

( ) O mau gosto de Flavinha na escolha de seus objetos pessoais.

( ) A inveja de Kátia diante de uma joia tão bonita.

( ) A insegurança e necessidade que Flavinha sente da aprovação alheia.

7. Algumas das crônicas, como se fossem metáforas da vida, chamam a atenção do leitor para importantes problemas sociais. Pensando nisso, relacione os títulos das crônicas aos assuntos de que elas tratam.

1 - "No seu caminho"	O incentivo ao armamentismo desde a infância, com armas de brinquedo dadas de presente às crianças.
2 - "Em vão"	A violência sexual contra menores e a vergonha e o medo de denunciar o fato.
3 - "Desarmamento"	O desrespeito aos direitos do cidadão e o sentimento de abandono pelas autoridades, que não se empenham em solucionar os problemas.
4 - "A cor vermelha"	O abandono dos idosos por parte da família e a exploração do trabalho infantil.

8. Observe com atenção o que a autora afirma no texto de apresentação à obra:

"A adolescência é e vai continuar sendo a fase do crescimento. Diferente da infância, porque é um crescimento com consciência. Consciência dessas transformações, internas e externas. Quando a gente vai se descobrindo gente, cidadão do mundo."

Você concorda com essa afirmação? Justifique sua resposta.

D. Agora o cronista é você

9. A temática principal de ***Enquanto estamos crescendo*** é a adolescência. Como a própria autora diz, ela escreve sobre e para adolescentes. Se fosse você o escritor e tivesse de escrever uma crônica que espelhasse o pensamento e o modo de ser do adolescente de hoje, sobre o que escreveria?

....

....

....

....

....

10. A partir da observação atenta de fatos cotidianos e acrescentando-lhes uma boa dose de crítica, humor e lirismo, o cronista cria um texto que proporciona ao leitor uma visão mais abrangente e reflexiva dos acontecimentos e da realidade que o envolvem. É o que faz Valéria Polizzi em ***Enquanto estamos crescendo***. E você pode fazer isso também. Escolha uma das propostas de redação abaixo e escreva um texto em seu caderno, não se esquecendo de dar um título bem interessante a ele.

a. Observe o que acontece ao seu redor, na escola, na cidade, na sua turma de amigos, entre os familiares e faça como a autora do livro que você acabou de ler: transforme algum episódio comum, do dia a dia, em crônica.

b. No texto "Parece que foi ontem", o narrador fala do passado: a cidade de sua juventude, repleta de lembranças, inclusive de momentos cruéis, que ele não consegue esquecer. A exemplo dessa crônica, escreva um texto que relate algum acontecimento, bom ou ruim, que você tenha presenciado e que marcou sua vida.

Este suplemento é parte integrante da obra **Enquanto estamos crescendo** • Não pode ser vendido separadamente. Reprodução proibida. © **Editora Ática.**
Elaboração: Nílson Joaquim da Silva.

olhos, o fez piscar e babar de alegria. Estava dentro do cubo de luz.

Com o mesmo cuidado, carinho e leveza, a mulher fez a volta com a cadeira. E os dois deixaram o *hall*, sem ao menos perceber que Sarah ali estava. O silêncio absoluto e o vazio que os seguiu só foi quebrado minutos depois, quando o elevador fez "plim" novamente. Sarah, então, cruzou o *hall*, desta vez fazendo questão de passar pela luz, entrou no elevador e partiu.